葉子

Leaves Publishing

根

以讀者爲其根本

莖

用生活來做支撐

葉

引發思考或功用

果

獲取效益或趣味

葉子

Story & Music

草莓麗麗

The more people I meet,

the more I love my dog.

牽狗的女人

路瀅瀛

去年的冬天特別寒冷，坐在書桌前，拉不拉多犬『嚕嚕米』總會懶懶的走過來，挨著我的腳邊趴下。用牠那毛絨絨的頭，不停的磨蹭著。偶而，『嚕嚕米』會抬起頭望著我，好像在說：「你還沒寫完啊？陪我玩吧！」我彎下身把皮球扔向牆角，『嚕嚕米』則扭動著厚肥的身軀，開心追逐，最後叼著球，再回到我的腳邊趴下。就這樣，我們一起相互取暖，挨過不少寒冷的冬夜。

這本短篇小說集，狗雖然不是主角，但多半扮演著穿梭故事的角色。『泰迪狗』中的流浪狗泰迪、『飄浪之女』中的狼犬TOLA、『蝶』中的忠犬小鳳、『新傾城之戀』中的白貓波波……。

我想，那是因為就我從小到大的生命經驗而言，所有的喜怒哀樂，似乎都離不開狗，小學時期的土狗小才、阿福、甜甜、蜜蜜、莉莉、小乖，陪著我渡過快樂的童年

歲月，在許多家族照片中，我總是牽著狗。到中學時期，家裡為了治安因素，養了一隻金色的西藏獒犬朵朵，擔任看守工作。家裡遭小偷之後，我非常沒有安全感，總覺得家中有人侵入、想威脅我的生命，夜裡我不斷的開門、鎖門、開門、鎖門，直到聽見朵朵宏亮的吼聲，驚魂未定的情緒才逐漸消散。但遺憾的是，朵朵最後因為鄰居的抗議，不得不送人。我永遠記得那一夜，父親經營農場的朋友開著中型貨車來載狗，我們姊妹們追著車，朵朵也望著我們，直到貨車消失在街頭。

大學時期，我常撿狗回家，也許是某種叛逆心態，父母越反對，我越要養。點點是我在學校附近撿到的，牠的機靈古怪，堪稱一絕。不過，愛情加上課業，佔了我所有時間，點點最後，倒成了父母的小跟班。

畢業後，三年的愛情面臨分手抉擇。說也奇怪，平常不愛花花草草的我，那天竟和男友逛到了建國花市。在流浪狗的認養攤位上，抱起一隻土黃色的小狗，牠哀傷的

眼神一直望著我，我則回頭望著男友。他對我說，養吧，不用擔心，如果妳爸媽反對，我也可以幫妳照顧牠。騎著機車回家的路上，取名金瓜的小黃狗趴在我和男友之間，意外成了一座溫暖的橋樑，所有的爭執、不滿，煙消雲散。後來，金瓜因病過逝，我不捨痛哭。因為我知道，如果沒有牠，我不會懂得如何感謝、如何包容別人。

失去愛犬的打擊，讓我意志全消，無心工作。某天早上，我看見辦公室角落的紙箱裡，竟有一隻肥肥的乳白色拉不拉多幼犬，正用牠無邪的眼神看著我。這是同事Paco送的禮物。牠就是現在的嚕嚕米。Paco教會我的，是如何擦乾眼淚，面對失去。嚕嚕米教我的，則是如何全心全意的信任，和其他生命互相擁抱取暖。

關於狗的回憶，幾乎就是我的生命歷程，也因此，我想寫的故事，當然離不開狗狗貓貓。我的朋友Jerry一語道破，這五篇故事裡，只有兩種角色，在生命轉彎處做出抉擇的女人、還有一張張忠心守候主人的狗臉。我親愛的人朋友和狗貓朋友們，感謝你們教給我的事。

不再等待天堂

寫給妹妹的一封信

陳慶祐

看在旁人眼裡
一定無法把妳的外表和內在聯想在一起
妳筆下的女人也多和妳一樣
住在纖細外表下的
是一顆堅強而有主意的心

妹妹：

我駕著車，遠離城市。這座城有太多是非、太多對立，人們用兩種顏色標記自己，刻意遺忘更細緻的思考；一場選舉之後，常常連路人說的話都刀光劍影起來。

我駕著車，往山上去。這滿山盛放的山櫻花竟然遊客寥寂，我一個人呼吸著靜甯的山嵐，坐擁整場花季。我駕著車，再往山裡去，沿途聆聽曾淑勤。

「跟從前說再見，我開始做個女人，長髮證明我的浪漫，微笑說明我的等待……」

好不容易，才等到曾淑勤的精選輯。她的聲音擰得出淚水，汪汪地傾訴大街女子的寂寞、失怙女孩的思念，還有單身女人的孤單與自由。每當我想起她繫著馬尾、撥著吉他的模樣，就讓我想起從前的妳。

民歌手，是我們當年共同的夢想吧？於是妳不辭辛勞地學吉他，不在乎手指上的痛與繭。那一年，我們還是五專生，一起坐在河堤上唱民歌；我還記得，妳一遍一遍地撥著琴弦，唱著曾淑勤。風撫過河堤邊的芒草堆，把妳磁器般的歌聲送往河的對岸，送往我們的未來。

那時候的妳，應該是〈飄浪之女〉中的小晴吧？有一身天不怕、地不怕的年輕傲骨，還有怎麼也掩藏不住的易感與才情。而那時的我們，應該就像貢寮鄉的鄉民，期望自己能為這片土地做點什麼事吧？於是我們坐上搖頭晃腦的客運，到基隆熙來攘往的廟口，採訪一個捏麵人阿伯；到美濃茂密菸田裡，採訪一把紙傘的製作。

後來回想起我們的五專五年，總覺得是另一段人生的填鴨教育─只是，我們主動餵食自己。我們窺探二二八、美麗島、解嚴，我們讀張愛玲、蕭麗紅、川端康成、莫泊桑……我們明明對世事懵懂，卻又執著地唱起張艾嘉的「最愛」，執著地信仰情。

我有沒有告訴過妳，〈泰迪狗〉是我極為偏愛的一篇小說？Leon與范姜就是女人

的白玫瑰與紅玫瑰：溫柔的情人太沒挑戰性，危險的情人又太接近毀滅。我知道，二十年紀的妳會選擇一份玉石俱焚的愛情，那誘人的火燄在手中像朵盛開的花，赤燙的溫度恰恰好在手上烙下一枚記憶。如今的三十年紀，妳還是不甘選擇為了安穩而在一起的關係，於是妳抿嘴不語，讓Karen抱著女兒，和Luka組成一個女性同盟，再讓走不遠的Leon陪伴在身後。

「可惜相遇的人，都是同一個的包裝，總在無話可說後散場，讓我抱怨真心難訪……」

春天的山上有霧，一陣一陣如風吹雪。我的車在山路中蜿蜒，前程後路，只有我一盞車頭燈亮著。

突然想起，好像很久很久沒有給妳寫信了？有多久？三年？五年？還是更久更久？

我們通信通得最勤的時候，是我在成功嶺上。妳的信很別緻，用長長一捲的傳真紙，寫上妳傾斜而孩子氣的字；信末，妳還要用紅印泥蓋上妳小指的指紋，像名家落款在親手打造的工藝品上。

許多年過去了，那些信上的字全不見了，傳真紙也接近破碎的邊緣，只有妳的指紋依然清晰地印在歲月的卷軸上，像一縷不忍離世的魂魄。我也不清楚妳的腦子裡怎麼會裝著這麼多古靈精怪的想法？我不僅佩服妳的想法，更佩服妳的勇於執行。

妳十八歲一到，考上駕照，就買了一部越野摩托車。我坐在妳身後，往往被妳追風的速度震懾。工作沒幾年，妳買了輛小車，就在我質疑像妳這麼瘦弱、遇上擦撞怎麼辨的問號中，妳也開了好些年了。

看在旁人眼裡，一定無法把妳的外表和內在聯想在一起。妳筆下的女人也多和妳一樣，住在纖細外表下的，是一顆堅強而有主意的心。

〈新傾城之戀〉中的于晶和容芸都是這樣的，她們心裡雪亮明白男人是怎麼回事，只等待一個契機，說服自己妥協。〈情人節禮物〉中的May更是如此，可以死心塌地的愛著一個人，也可以在愛過以後，隨手丟棄。妳們的外表只負責迷惑別人，絕不會框限自己。

「世界變了，和我當初想的不一樣，而我也變了，不再朝他們要的發展，於是長髮紮在童話的後方，唱歌只是為了感想，自己的路還長，不再等待天堂。」

我下山的時候，看見一整面巨型選舉看板，像是節後的聖誕樹，亮著不合時宜的閃燈。

我想起〈蝶〉裡的李剛。對他來說，這個世界也是如此的不合時宜吧？妳說：「如果不能幸福，就只好選擇遺忘。如果真的忘了，也是一種幸福。」在清醒與幸福之間，我們究竟還是和最初一樣，選擇靠近幸福的一方。

這個世界確實和我們當初想的不一樣，我們卻也這樣風雨無驚地長大了。就像曾淑勤的琴弦撥在許久許久的從前，而至今依然傳唱。

民歌手不再是我們的夢想了，我們卻同時握著書寫的筆，用文字歌唱；我們也不再填鴉自己了，反而嚮往起披髮弄扁舟的閒散生活；潔癖的愛情也不再是我們的期望，貪嗔痴的欲望才能證明相愛一場。

所以，妳筆下的人都世故了，卻又保留著做夢的勇氣；即使站在絕望毀棄的關係前，妳仍給予他們救贖的力量，讓故事有了希望的光。

讀著妳的五篇故事，我不由自主地在其中搜尋狗狗、貓貓的身影。從我認識妳開始，照顧流浪動物就是妳的專長。妳照顧街上的流浪狗、流浪貓，還要照顧那些知道妳慈悲而被丟進妳家信箱的幼貓幼犬。現在，妳養了一隻比妳還會撿貓狗的拉布拉多——嚕嚕米，我想，照顧流浪動物已經是妳的天職，妳給予，也收穫。

妹妹，三十年紀的我們都不再等待天堂了。

因為，我們努力創造自己的天堂。

愛放狠話的天使

詹雅蘭

看著她開心的在MSN貼上得意的笑臉
我無奈的搖搖頭
認識她快十年
這人只聽到她想聽的
快樂她想快樂的

多年之後，我才明白瀅瀛原來不是我認為的那樣。

在此之前，我曾坐在車上眼睜睜看著，明明是她自己交通違規，卻越想越氣，偏要繞上一大圈回原地，搖下車窗把警察招來，對人家用力吐了舌頭之後揚長而去。再不就是聽說她又威脅了哪個人，要他乖乖聽命辦事，手段是心狠手辣，極盡任性的那種（據瀅瀛的補充說法，對方肯如此配合，大多礙於她的美色。）

當她終於寫完這部小說時，我仔細的看著裡頭的情節，又發現了那股狠勁，她把故事裡的人物搞得生不如死，甚至連狗都不放過。

我說，你太殘忍了，我要用這篇序告訴大家。

她說，不可以，妳得把我寫得溫馨一點。

我說，我要寫的是對故事，對每個角色的看法，寫他們是遺失翅膀的天使，無法

自在飛起來，我不寫關於作者的事。

她說，天使！你說我是天使？妳在稱讚我！

看著她開心的在MSN貼上得意的笑臉，我無奈的搖搖頭，認識她快十年，這人只聽到她想聽的，快樂她想快樂的。

以及三不五時放放狠話，倔強的抗拒與她理念不合的，某些人。

這些對我而言，就像是一齣精彩的影集，只是放映給那些與她不熟，或者她不想與人家熟的人看的。

我想是她充滿獅子性格的驕傲，讓她如此。

但在登台之前，在劇本完成之前，在什麼東西都還沒有之前……她有另一個真實版本的故事。

【蝶】裡叫小鳳的黃狗，我見過牠沒瘸腿前的樣子，車禍之後小鳳被瀅瀛發現，帶牠到醫院截了肢又放在家裡照顧直到康復。最後還給伯伯的小鳳，雖然只剩三條腿，卻開心俐落一如往常。

【飄浪之女】的白衣阿姨，給了瀅瀛一件白洋裝，那是她生命裡的唯一顏色。瀅瀛告訴我白衣阿姨住院的週末下午，我們在民生東路散步，在一家花店後院看到僅有的幾朵白桔梗，瀅瀛抓起那把花，說要帶著去看她。

至於那個【情人節禮物】的風流牙醫與心機超重的老婆……就，不說了吧！這是我多年之後所知道的瀅瀛，把浪漫的柔軟的苦惱的部份偷偷藏起來，把明朗的熱情的強悍的部份，公諸於世。

【泰迪狗】裡的幹練女人不是她，變得無助了的，渴望愛與安穩的才是，會在朋

友生病時搶著要熬雞湯的人是她；後車廂載著厚厚羽絨被要讓舊同事過冬的也是她，為了貓狗出事哭得不成人形的還是她……

所以當你越過我們這些序，進入故事，就可以看到我所說的火辣的瀅瀛，那是她的表面，看到深情的部份，則是她的內裡。

你會開始喜歡這些故事，並且有機會遇到她時，別怕，只要在她放狠話之前，讓她覺得自己像個女王，她就會願意成為你的僕人，你的天使。

新傾城之戀

一個不愛女人的男子
被迫迎娶大陸新娘
一個軟弱的台商妻子
以為可以無視背叛
兩個不能勇敢面對感情的人
隔著一道樓梯
各自營造正常幸福生活的假象
在假象背後
各自品嚐各自的寂寞
直到
一場突如其來的大地震
把一切完全摧毀
在斷垣殘壁中
他們瓦解心防
試圖重建愛情的樣貌

一棟感情用事的磚造三層樓公寓，密密攀爬著古老的長春藤，重重的溼氣，模糊了窗，看不見對面鄰居。房子的左邊二樓，住著于晶和她的先生范子文。右邊二樓，則住著夏城南和她的妻子容芸。

剛過二十九歲生日的于晶，有著白晰的肌膚，彷彿蒙上一層薄霧般，美得不太真實，叫人摸不清，再靠近一步，是路呢？還是懸崖？她喜歡粉綠色系的裝扮，待在公寓裡時，就像添了保護色，可以融進那些糾纏的蔓藤中。『宜室宜家』是她絕大多數親朋好友給她的評價。這兩年，于晶結了婚，越發柔媚，像老榕樹頭剛發的嫩芽，該有的少婦穩重，和少女的稚氣，她都沾上一些。雖說宜室宜家，這家裡頭，卻總少了些什麼。范子文長年在大陸經商，三、兩個月才返台一次。于晶怕別人知道自己獨自在家，大門口經常擺著各式各樣的男人鞋子。早上訂的鮮奶，也總是兩只瓶子，成雙成對。

范子文愛自由，不拘小節。最常開的玩笑是：『我娶妳也是萬不得已……，誰知道妳的小腦袋瓜是不是撞壞了，我總不能不負責。』于晶心裡明白，要不是那場車禍，范子文是不會輕易就範的。他是超速的肇事者，正當這場歹戲拖棚的戀愛不知該如何收場時，他出了一個致命性的差錯，理當接下那紙婚約罰單。

當年，兩人的教堂婚禮，華麗而隆重。穿上婚紗的于晶，像一朵開在溪邊的野百合，顧盼之間，流露著淡雅的美麗。但後來，野百合成了華貴的香水百合，置放在客廳中，賞花的人，卻膩了那香味。

夏城南喜歡養水草，一只大魚缸裡，養了約莫十來種水草，孔雀魚、日光燈魚穿梭其中，只是陪襯。青綠的水草，透著光線，形成另一種奇幻世界，夏城南小心翼翼維護著那座城堡。

夏城南是國中國文老師，年近四十，戴著黑框眼鏡，頭髮濃密雜亂幾乎掩住半個臉，和學生說話時他總是談笑風生、條理分明，但平常，夏城南不輕易開口和人攀談。主要是因為，他有個老毛病，一和女人說話，就支支吾吾不知所云。這都是拜夏媽媽所賜。『你看看自己，老大不小了，我們夏家就你一脈單傳。你爸爸過世了，家裡沒有長輩做主了，你就這樣忤逆我！……自己不交女朋友，好，我給你介紹，但前前後後也相親二三十回，你一個也看不上眼，你倒是說說啊……，要我死後怎麼去見你爸爸！』夏媽媽喘口氣，喝杯水，繼續說著：『這個星期天，我約了張媽媽和她女兒吃飯，記得啊！七點半，榮華飯店。』說完她拎起金色珠串皮包，走出大門。

夏城南一語不發，繼續整理他的水草。

半年之後，夏媽媽生了一場重病，抵不過她淚海攻勢，夏城南終於答應娶妻，對象是大陸老家親戚介紹的遠房表妹。那女孩兒，叫容芸，二十三歲，大學畢業。

以一個新娘的標準來說，容芸簡直是訂作般完美，她的粉嫩小臉，美得像罕見的進口杏桃，細軟的瀏海，好似胎毛般，溫溫的垂在眉間。一開口，那柔亮的北京腔調，實在惹人憐愛。為了娶親，夏城南往返兩岸多次，在內地辦登記，大舉宴客；回台灣再登記，又大舉宴客，著實折騰了兩個月，才算塵埃落定。這時說也奇怪，夏媽媽的病不藥而癒。

飛機引擎聲，轟隆隆的橫越高速公路，于晶開著范子文的休旅車，突然猛踩油門，像要逃離那樣的聲音威嚇般。

『妳開車技術進步了啊，以前沒看過妳有這樣的狠勁！』范子文笑著說。

『下星期爸生日，幫我選個禮物送吧！』子文的PDA響起訊息聲。于晶微懦的應答著。

『我明天到上海，新工廠落成，還有……』又一架巨型飛機橫越頭頂，引擎聲掩住子文的談話。

『……回家去吧！小心點。』子文揮揮手，拉著行李走進機場大廳。維持交通的警察示意要于晶把車開離出境廳大門。

婚後一年之內，于晶第十次接送范子文到機場。頭兩次，于晶會仔細追問著歸期，然後用極細粉藍簽字筆，嵌入自己的工作行事曆中。但現在，多半不問了，因為人，不像飛機，班次固定。

于晶和范子文是大學同學，相戀十年。這期間，也曾有過死生契闊、非執子之手的強烈念頭，但相處久了，愛，只像是一種習俗，有時，初一十五，執子之手。有時，月到中秋，再來個死生契闊。于晶習以為常，至於范子文為何那麼獨鍾他的對岸事業，于晶並不想、也不敢追問。總之，現在的她，可是名正言順的范太太。

『范太太！妳好。』夏城南拎著垃圾袋，在樓梯口遇上于晶。

『夏老師！好久沒見到你。』于晶順手把門口的男人鞋子排整齊。

『是啊……我……我前些日子，……剛結了婚。』夏城南支支吾吾的笑著。

『那恭喜啊！怎麼不通知我們吃喜酒？……您太太呢？……改天到我家吃飯，大家認識認識。』于晶像個稱職的主婦般，熱絡的對夏氏夫妻提出邀請。

『喔……她還在大陸，過些日子……辦好手續才能接她來。』夏城南把垃圾袋先擱在地上，接著問：『對了，也好久沒看見范先生啦！』

『是啊，他總忙到半夜才下班。……我都說啊，賺那麼多錢做什麼？商人重利，還不如夏老師的教育工作，有意義的多呢！』

垃圾車的音樂響起，少女祈禱著。

于晶回到屋裡，拉開窗簾，陽光透過長春藤間隙，呈長條狀鑽了進來，橫列在米白色的沙發上。

這棟房子，是范子文爸爸留下來的，雖然房屋顯得老舊，卻是名貴地段，出了靜謐的小巷子，就是車水馬龍的豪華商圈。剛結婚時，子文想在郊居買別墅，但于晶喜歡這兒的交通便利，走路就可以上班，於是定居在此。隔壁就有托兒所和幼稚園，于晶原本打算著，婚後要兼顧工作和孩子。想是如此，但天不從人願。

范子文自由成性，連結婚戒指都懶得戴了，更不願生養孩子。

『地球上幾億人口，為什麼要再製造一個？孩子長大了，是好是壞，誰負的了責？更何況，社會那麼亂，何苦讓小孩子受苦？』人口社會學那一番大道理，于晶辯不過他。回到婆家，于晶更是有口難言。

『晶晶啊！妳不趁年輕生個孩子，怎麼綁得住子文？都快三十了，不要再拖了。』

婆婆是個大小事都管的能幹長者，在她面前，于晶有語言障礙。相比起來，公公就直爽多了，他在全家族圍爐的年夜飯餐桌上大嘆：『不快點生個孩子，將來子文到大陸包了二奶又抱個兒子回來，妳也沒話可說！』是啊，沒話可說，于晶把筷子放下，進了廚房洗碗去。倒是子文，大魚大肉，恭賀新禧，繼續過他的年。

『妳不用在意別人怎麼說嘛！重要的是妳怎麼想？我們都有自己的事業，快樂又自由的過生活，不是很好嗎？』

『……我怎麼想？……你問過嗎？』于晶在心裡嘀咕著。

這幾年來，于晶非常努力的工作，已經是一間連鎖書店的店長。其實范子文的經濟能力，足以讓她過著少奶奶的悠閒生活，她大可不必工作，到處找朋友喝下午茶。但，朋友不是天天有空，一個人閒著的時候，連房子磚牆和風磨擦出的細微聲音，都聽得一清二楚。空房間裡傳出自己腳步的迴音，更令人心驚。所謂的兩人甜蜜世界，現在卻成了牢籠，一個人的牢。

夏家的客人，多半是學生。

這一天，夏城南幾位畢業多年的學生，到家裡來作客。其中一位叫做阿勳的男孩，左手抱著一隻白色波斯貓，橫背著籃球，三步併兩步的往樓上奔。後面還跟著兩個男孩，一位女孩。阿勳高中剛畢業，有著長長的睫毛，是夏城南教過最優秀的學生，得過幾次學生文學獎，現在想往繪畫上發展。夏城南開了門，把幾個陽光般的孩子請進屋裡。

『夏老師，你養魚喔？』喚做小童的學生趴在魚缸前發問。

『事實上我養的是水草，那些魚是水族館老闆送的，他說，有水草沒有魚，怪怪的。』夏城南煮著咖啡，香味四溢。

阿勳的貓也跳到魚缸旁的邊桌上，圓滾滾的眼睛巴望著那幾尾魚兒魅惑的身影。

『貓和魚，危險的平衡關係。隔著玻璃，他們可以是朋友，再近一點，魚就要成了貓的食物了。』夏城南笑說。

『波波過來！』阿勳一喊，白貓輕靈的越過茶几，躍上主人的臂膀。

自稱是阿勳女友的小君，站在窗前，用手撥開長春藤蔓。『老師，你的植物和建築物，好像是一體的。樹根都長進牆壁了耶！』

夏城南倒著咖啡，笑道：『我從不管那些藤蔓，它們要怎麼長就隨它長，反而讓我這裡像座古堡呢！』

『那老師就是鐘樓怪人囉！』小君頑皮的笑著，挨著阿勳身旁坐下。

夏城南教書以來，都和學生維持良好關係，亦師亦友。畢業的學生，也常常來找他。

『阿勳，這些藝術理論的書拿回去看吧！應該對你準備推甄有幫助。我大學同學剛好是系主任，有問題可以請教他。』夏城南慢慢品嚐著咖啡，阿勳則打開其中一本畫冊，就著昏黃的燈光，專心的看著。

范子文兩個月沒回家了。

某天凌晨他突然來電：『我在紐約，明天回上海，大概……下下個星期回去吧。』于晶夜半昏睡中抓起電話，胡亂應答了幾聲，以為是夢。

這次太不尋常了，過了這麼久沒消息。于晶望著手機上顯示的一連串國際號碼，子文到底在哪一個國度啊？

于晶不敢撥打子文的手機，深怕自討沒趣。辦公室裡的好友岑玉看不過去：『哪有這種事！一定有問題。妳不去查查看嗎？』于晶搖搖頭，繼續盤點架上的新書。

書頁太鋒利，于晶一不小心劃傷了手，鮮紅的血珠，如淚迸出。岑玉遞面紙過來，摟著于晶的肩膀，『妳就是太軟弱了，才讓男人欺負……。』

『……不會啦！他只是工作狂，有他自己的霸業理想吧！』于晶抹去指尖上的血，面紙揉成一團，塞進口袋裡。

那天深夜下班，岑玉陪于晶走路回家。兩人經過大街上時尚櫥窗時，會開心的像小女孩般交頭接耳。彎進小巷裡，話題又轉向心情。

『陪我喝一杯吧，薄酒萊喔！』于晶踢著路面上的石子。

『……我家裡有男人等我耶……』岑玉說。

『少來！妳這個單身貴族，不會比我這個單身貴婦好到哪裡！』

『喂，至少我有合法和不同男人做愛的權力。范太太妳就沒有！』

『……』于晶快步向前，掏出鑰匙開門。兩人一前一後踏進那間心事重重的屋子。

于晶酒量不好，兩杯紅酒就醉臥沙發，臉紅的像個小瓷娃娃。岑玉微笑著看她：

『妳啊，爭的到底是什麼？』

『我？我也不知道。我就是想當范太太嘛！這是我一直以來的願望。』于晶含糊說著。

『范太太，那妳老實說，妳喜歡現在的生活嗎？』于晶不答，翻過身拿枕頭蓋住臉。

『……妳明明知道自己的處境，卻什麼也不做。維持現狀是辦法嗎？我看不出妳的婚姻有什麼必要性。』岑玉把酒一飲而盡。于晶仍然把頭埋在抱枕堆裡。

『晶晶？……醉啦？』岑玉起身拿毯子替于晶蓋上，最後睏極了，自己索性也縮進毯子裡，兩人相擁著，一塊兒夢遊去了。

范子文回來了。這次沒有通知于晶去接機。

那天深夜下班，于晶進了門，才發現子文在家。

『……你回來啦！怎麼不告訴我一聲？』

『我回來突擊檢查啊？看看屋裡有沒有藏男人！』子文說。

『那，你查到了沒有？』于晶冷笑道。

『……』子文沒有回答，冷不防給了于晶一個深深的吻。

『喂！……范子文！……我還有工作要趕啦！你不能這樣，不聲不響的回來，一回來就為所欲為！』于晶試圖挽拒。

『妳生我氣啦！』范子文不肯停手，繼續解開于晶襯衫扣子，熟練極的，巡視著這塊屬於他的禁地。

『你到底要怎麼樣？』于晶心防逐漸瓦解。

『要妳啊……小傻瓜！』范子文善於讓女人乖乖就範。

『……』于晶不語，望向窗外，夜色包圍著街道，有種肅殺氣氛。

『小傻瓜……別想太多了……我現在的身價上億，妳衣食無缺，愁什麼？』

『但是……你大半時間在國外旅館和飛機上，我衣食無缺又怎樣？』于晶苦笑道。

『我在外面奔走，那是因為我還有個最重要的資產啊……妳是不動產，只要乖乖待著不動，就能增值。』范子文笑著，坐在床沿上點煙。

『我是動產……跟你的車一樣，會跑的。』于晶拿起浴衣，走進淋浴間。范子文把煙熄了，隨後跟上，一把抱住于晶。『妳跑……妳一跑，我就破產啦！』

浴室裡瀰漫著熱水霧氣，和兩人的笑鬧聲。

范子文在大陸，是不是有女人。于晶早就心裡有數。不過，直到接到那通電話之前，她還可以騙騙自己只是得了妄想症。

那天傍晚，一個著了火般的女人打電話到家裡，劈頭就問：『范子文的老婆在不在？』那女子極不客氣，討債似的。

『……我是，請問……』于晶揣測對方來意。

『別請問了，倒是我要請問妳，何時和范子文離婚啊？我和他有了小孩，我們就要在上海註冊結婚了！』于晶把話筒塞進沙發坐墊底下，自己走進廚房倒杯冰茶。

于晶不願去證實那通電話，她是不動產嘛，不動如山，只要不動，就能增值。這是范子文自己說的。

這個多年交往的男人，如今面貌模糊，于晶想不起他的樣子。掛在房裡的巨幅婚紗照上，兩個人笑得好單純，又好邪惡。

白色的月光趁隙鑽進被單，羽絨被窩給淚浸溼，怎麼都睡不暖。

這棟房子會記憶主人的情緒。于晶大哭的那夜，隔天早上，夏城南家的牆壁漏水了。

夏城南沒來得及找工人來修，因為這天他要到機場去，新婚妻子容芸首度來台。

偌大的出境大廳，此刻突然擁擠悶熱了起來，夏城南在萬頭鑽動的人群中，好不容易認出容芸那張小臉來。

『容芸！』夏城南揮手笑著。

『……夏……老師！……』容芸一時之間，不知如何稱呼自己的新婚夫婿，兩人對看許久，不禁笑了起來。

『一路上還好吧？』夏城南替容芸提著行李。

『很好……表姑媽呢？她的病好些了吧！聽說她病了，我爸爸一直透過關係，想安排我早些來台灣。』

『沒事了，等會妳就可以見到媽了。』夏城南開車回台北路上，容芸對所有事物都展現著高度興趣。

『小芸！終於等到妳啦！』夏媽媽老早就在家裡安排起大餐，靜候兒子媳婦上門。

『……媽。』容芸還不習慣這個稱謂，頂不好意思的輕聲喊著。

『來了就好，來了就好。這下我可放心啦！先坐先坐，吃飯吧！一定餓了。』夏媽媽招呼著新媳婦，深怕疏漏了哪些細節，讓媳婦不開心。那天吃完晚飯返家前，夏媽媽把容芸叫到房裡，給了她一對龍鳳玉手鐲，和一套金項鍊。

一個星期後，夏家風光的在台北補請了喜酒。于晶也在受邀名單，不過范子文不在，她禮到人未到。

喜宴上熱熱鬧鬧，夏家親朋不少，能趕上的都到齊了，夏媽媽笑得像一朵過盛的蓮花，客人一稱讚容芸，她就笑得花枝亂顫。

那一夜，算是兩人的洞房花燭。夏城南把客人都送完了，兩人搭車返回住處，從此，這城堡算是多了一位女主人。

不過，女主人這名號得來輕易，沒有愛情基礎的婚姻，也著實令兩人心驚。雖然彼此都絕口不提。

新婚夜，兩人背對著背，直到天明。

于晶把家裡電話停機，她再也不要接到莫名其妙的來電。但是，手機聲一響，她還是猛然一驚，像做了什麼虧心事。

『犯錯的人不是妳，為什麼妳要讓自己受苦？』岑玉不忍于晶日漸憔悴，私下找了律師朋友，請教離婚事宜。

『我不會離婚的……』于晶臉色慘白，突然一陣天眩地轉，昏了過去。

岑玉見狀大驚：『嘿！妳還好嗎？不是生理痛嗎？怎麼會痛成這模樣，妳不要嚇我。』于晶還是無法站起身，額頭上直冒冷汗。岑玉趕緊叫車把她往醫院送。

『是惡性卵巢瘤，必須開刀。』婦科醫師簡潔的說明。

『……什麼時候開？』岑玉問。

『如果你們準備好了，明天早上就可以開刀。因為有內出血的狀況，不能再拖。……是不是要通知妳的先生來？有些文件要簽名。』醫師先為于晶打了止痛針。

『……他不在台灣……，讓我朋友代簽吧！』

手術房的休息室裡佈滿粉紅色的床單和裝飾物，這裡應該是待產房吧！

『會不會影響生育能力呢？』進手術房前于晶問著醫師，主治大夫搖了搖頭說，影響是一定有啦，程度問題，因人而異。

手術台上的強烈燈光，像拍婚紗照那天，陽光下大型的反光折射板，刺得她眼睛睜不開。勉強的擠出笑容，一會笑僵了，又像是哭，眼淚糊了妝，似笑非笑。

出院之後醫生交待要休養一個星期。于晶打算搬到岑玉家暫住。

『范太太，好久不見。……這是我內人，容芸。』夏城南支吾的毛病好了八成。

『妳好啊，夏太太。早聽夏先生說起妳，今天一見，果然是個美人。』容芸低頭倩笑。

『范太太收拾行李，上哪去啊？』于晶拎著一包行李，正準備下樓等岑玉來接。

『……喔，我先生……他正在日本出差，他要我到東京和他會合，下星期是我們結婚紀念。』于晶擠出一絲幸福的微笑。

『啊，真好，我們還沒去渡蜜月呢！等城南學校放暑假我們才去。』容芸身上穿著大紅線衫，搭配著洗白低腰牛仔褲，青春的氣息，把這城堡的色調，稍稍調亮。

夏城南接了導師工作，待在學校裡的時間越來越長。

容芸經常煮好了飯，要等到九點過後夏城南才會回家。一進門，夏城南點頭笑著，『對不起啊，我學校有事……。妳以後就別等我吃飯了。』夏城南說完遞過一本文學雜誌，『這一期有我發表的新文章，有關紅樓夢，有沒有興趣看看？』容芸接過書。夏城南轉身進了浴室。

吃飯的時候，夏城南刻意談笑著，把學校裡一些有趣的事情都說給容芸聽，還有學生們流行的冷笑話—「三隻鳥在樹上唱RAP」，也一併講給容芸知道。但容芸進駐這座城堡有些時日了，該好奇、該詢問的事，泰半了解。現在她不想聽冷笑話，她只想知道，夫婿為何在她面前刻意說笑，一轉身，卻沈著一張臉，心事重重。

容芸決定主動尋找答案。那天夜裡，她換上銀白色月光般的薄紗襯衣，走進夏城南的書房。夏城南還伏在案上批改學生作文。

『小芸……怎麼不睡呢？』夏城南放下紅筆。

『我……也要當你的學生。』容芸輕道。

『……妳都大學畢業啦，我還能教妳什麼？』夏城南起身端茶。容芸從背後環抱住夏城南。

『不公平……你待你的學生，比我好十倍！』容芸十指緊緊相扣，不打算放手。

『小芸……，別這樣。』蓉芸不待夏城南開口，自己動手解開襯衣，潔白的肌膚在月光下，有如精靈般透著奇異的光線。容芸眼裡，含著如冰的淚。

夏城南拿自己的外套裹著容芸，『到房裡去，乖，小心著涼了。』容芸不理，踮起腳尖，把吻送進夏城南口裡，溫軟的舌微微的鑽動著，夏城南的外套滑落地面，容芸的身子，發著微光。

就這樣吻了許久，夏城南抱起容芸，輕放在床上。容芸的眼淚沾溼了睫毛，她說：『是不是因為沒有愛情？你才不願意碰我？……還是你壓根瞧不起我，是為了錢才答應嫁來台灣？』

『……我沒有瞧不起妳，小芸，對不起，讓妳難過。』夏城南把頭埋在容芸胸口，粉嫩的小乳頭，負氣般堅挺著。

『城南……，我願意愛你啊！你呢？願意嗎？……結婚的時候，好像沒有問過這個問題，現在問，是不是遲了？』容芸輕撫著夏城南雜亂的髮。

『……如果沒有愛情，我還能這樣佔有妳的身體，那我算不算禽獸？』夏城南沈悶的喘息著，眼淚落在容芸的胸前。

『……我們是夫妻啊。』容芸低聲道。夏城南早已睡去。

小動通過推甄考試，準備進入藝術學校念書。一得知結果，他第一個打電話通知夏城南。兩人相約在學校咖啡廳。

夏城南早到了，店裡只有輕柔的沙發音樂，和吧台女孩清洗玻璃杯的微弱碰撞聲。

『……老師！』阿勳推門進來，笑容如海浪般狂放恣意。

『恭禧你啦！阿勳。』夏城南送上一份禮物，那是他親自挑選的畫筆。

『以後的學校旁邊有海，可以游泳。老師……會來找我嗎？』阿勳把畫筆盒拆開，一支一支把玩著。

『……』夏城南不語。

『我放長假了，老師。我們到海邊去吧！』阿勳認真的說著，長長的睫毛似乎沾上海岸的風沙，阿勳揉了揉眼睛。

他們搭著火車，離開城市。沿著海岸線，一路南行。夏城南拿出筆記刷刷寫著，阿勳則倚著夏城南的肩膀沈沈睡去。背包裡，小貓波波探出頭來，喵嗚一聲。

『這是我未來生活四年的地方，波波，妳也要搬來這裡住了。』下車後，阿勳把小貓從背包裡抱出來透氣。沿著街道走向海岸，大約只要十分鐘。這裡的住民，都有著黝黑的皮膚，笑容和阿勳一樣開朗。

兩人買了彈珠汽水，一路笑談著，也順便詢問附近可有學生出租公寓。

午後豔陽下，海浪和沙灘，像對亙古的戀人般，配合著彼此的旋律，靜靜的起伏唱和著。夏城南脫下外套，鋪在沙灘上坐著。阿勳早就褪去全身衣物，只穿著一件四角寬短褲，就往海裡奔。陽光下，阿勳像一尾魚，在水面跳動著，歡唱著。波波則不喜歡這樣的戶外活動，貓是愛靜的，她不像主人那樣好動，波波選了一個遠遠的陰涼角落，舔舐整理著自己潔白的毛。

『老師……，你不下水嗎？水是溫的耶！來啊……快點！』阿勳在水中翻攪著浪花。

夏城南把褲管往上翻折，露出膝蓋，這是他對水面活動的極限了，他從小怕水。

『老師……，你看！這裡有魚！像不像你的魚缸？』

『我在你的魚缸裡游泳耶……』阿勳憋住一口氣，沈入水底。

『喂！阿勳！別游太遠了！我看不見你！』

約過五分鐘，沒有動靜，夏城南往水邊踏去，尋找阿勳的身影。

忽然阿勳從水底冒出頭來，放聲大笑，使勁呼吸。夏城南站不穩，跌到水裡去。阿勳一把將他拉起。

『老師……』阿勳靜靜站在水中，海浪也平息下來。

夏城南避開他的眼光，兩人手拉著手，往岸上走去。

波波還靜靜臥在樹底下，看著這一切。

于晶呆坐在岑玉家的沙發上，隨手翻著時尚雜誌。

她的額頭上，留著車禍造成的傷疤，那道五公分長的疤痕，像彎月牙，被烏雲般的長瀏海蓋住，不容易看見。

在岑玉家休養了一陣子，于晶決定回自己家去，回到那座牢裡，坦然面對剩下的刑期。

『妳一定要現在走嗎？……留在這裡，我可以照顧妳，不是很好？』岑玉不情願的幫忙收拾著行李。

『……我可以的，現在好多了，小玉，我可以的。放心吧。』于晶微笑道。岑玉則是沈著臉，一語不發，逕自到停車場開車。

『這麼大的事為什麼不通知我？』范子文一回國聽于晶說了開刀的事，大驚不已。

于晶站在陽台上整理花盆，把腐壞的非洲堇葉子，一瓣瓣辨都剪去。

『小事啦！醫生說很多女人都有這病，小手術而已。沒影響的。』

『……辛苦妳了。』范子文走到于晶背後，想伸手抱她。于晶閃過身，到廚房裡倒茶。

『……怎麼啦？』子文問。

『沒有……，我想和你談談。』于晶語氣平和。

『談什麼？』

『你……在大陸……是不是有別的女人？』于晶一個字一個字清楚的說著。

『怎麼這樣問法呢？很不聰明吶！……』范子文迴避著問題。于晶又問：『有嗎？……』

『……有。』好一個簡潔有力的自白。于晶把茶喝完，突然像壓力疏解般的綻開笑臉。

『……有……有就好。』于晶換裝完畢，出門上班去。

范子文何時又離家了，她不知道，也不想知道。

夏城南到海岸城市的那一夜，沒有回家。容芸等到天明，一早，又下起了傾盆大雨。房子更加溼了。

她不明白，這場婚姻到底她為何落敗。她生成這樣美麗，沒有男人不愛的道理。可惜，愛情不是種子，不是覆著泥土，就能發芽。容芸站在窗前，透過藤蔓，看著街上雨景和人影雙雙。

夏城南搭計程車返家，在樓下停著。一會兒，他和車內少年相擁道別，隨即下車過街，進了城堡。

容芸端著熱茶站在房門，夏城南把身上溼衣服脫下，又換上乾淨裝束，準備到學校去。

『夏老師，今天晚上早點回來吧。我學了一道菜，請你嚐嚐。也請你的學生一起來吧！』容芸把熱茶遞上。

『……看看吧，妳別等我。別餓著了。』說完拿著傘，走出城堡。

時間飛快，已到黃昏，雨還下著。夏城南記起容芸的話，提前收拾了辦公桌，返回家中。

六點剛過，容芸擺了一大桌夏城南愛吃的川菜料理，香味中，透著辛辣。

『我想回家去。』容芸平靜的說著。

『……你不會愛我的，我明白。』夏城南無語，筷子上夾的辣子雞丁，掉落桌面。

『……不用給我理由，就當是我自己要回去的，那邊小學要聘我去教書，一切都安排好了。媽那邊，你就幫我道個歉，說我實在不適應，不告而別，改天再登門向她解釋。』容芸的柔嫩北京腔調，多了點世故的味道。

『我……』夏城南挾了一口菜，哽咽住了。

『……別說了。』容芸紅了眼眶。

隔了一個星期，夏城南買了機票，暗地裡給容芸家中匯了五十萬元台幣。一大清早，容芸準備好行李，坐在妝鏡前審視自己。嫁入夏家這幾個月，她有如置身五里霧，而現在，大霧初散，該見月明了。

機場出境大廳，三三兩兩的人，空調顯得冷清。

夏城南買了一杯咖啡，容芸笑著接過。『小心燙！』話沒說完，容芸大呼被燙著了。一杯咖啡硬生生撒掉一半。夏城南連忙拿紙巾擦拭容芸的上衣。

容芸笑著抱怨著最近天氣太乾，指甲都裂了縫。兩人坐在出境大廳的咖啡座裡，夏城南幫她塗著指甲油。容芸淺笑著：『唷……我都要走了，才對我這麼好啊？表哥！』稱謂又回復到遠房親戚，夏城南尷尬地笑著。

容芸出境前，夏城南說：『明年暑假，我去看妳。有事，記得打電話找我。』容芸揮了揮手，回頭忍不住，一行淚滾了下來。

夏城南塞了一封信，交代她，在飛機上看。

小芸：

對不起。

這件事，全是我的錯。我太懦弱，以致讓妳平白受這天大的委曲。沒奢望過能得到妳的原諒。但天吶！妳竟然能微笑著回答我一切。當我聽到妳說，願意結束這段婚姻時。我真想大哭一場，和妳相比，我一點勇氣都沒有。

這齣荒謬的悲劇結束了。我希望妳知道，妳做的一切對我而言，有多重要。

城南　筆

『夏老師，這麼巧。你也到機場來。』于晶遠遠的向夏城南打招呼。

『是啊，……內人返鄉探親去。』夏城南說。

『喔……我也是來送機，正準備回家呢！』于晶笑道。

『……那……我送妳回去吧！』于晶和夏城南一起返回城堡。一路上，于晶對什麼事都提不起興趣，一直不安的轉動著右手食指上的婚戒。

『夏老師謝謝你送我回來。……晚上到我家裡吃個便飯吧，我幾個朋友要來熱鬧熱鬧。』

『不客氣了，我晚上也有客人呢！改天吧。……問侯范先生啊！』雙方寒喧完，各自返家。

夏城南蹲在魚缸前，紫色小孔雀擺著尾，來向他示好。

『嗨！魚兒，好久沒聊啦！你好像瘦了些喔！』『你是不是不甘心做陪襯？……怪我只偏心照顧水草？……沒的事！既然大家都在一個缸子裡，也不用分彼此，乖啊，多吃點飼料吧！』

夏城南把平日餵食量又加了一倍。魚兒追逐著餌，一點都沒有戒心。缸裡的水世界，安全得很，這裡沒有釣客。

牆的另一邊，于晶正放著洗澡水。因為太疲累的關係，竟然在浴池裡睡著。水聲嘩嘩地流，溢得到處都是。

這潮溼的城堡，積著滿滿的眼淚。無法再多負荷了。

時間剛過午夜，一陣微微的震動，地板上下輕跳著。于晶在浴池裡醒來，玻璃妝鏡上的化妝品，全身發抖著。

夏城南則坐在沙發上，聽著輕柔的小野麗莎。突然之間，那款款波動的Bossa nova，演變成驚天動地的生命交響曲。

是地震！

夏城南起先決定待在沙發上不動，靜待地震過去。但，眼見書架上的書和CD，剎那間全翻落地面，音樂嘎然停止。房子也低沈的哀吼起來，左右上下的搖動。

不對勁！晃動越來越劇烈，彷彿要把天地翻轉過來似的。于晶在浴室裡慘叫一聲，聲音穿牆而過，夏城南往大門邊衝去。

門框被搖壞了，大門打不開。

『……范太太！是妳嗎？妳還好嗎？』夏城南仍然試圖打開大門。

『哇！……救命啊！』轟隆隆一聲巨響，夏家和范家中間，那道牆傾裂開來，一絲微弱光線透進來。夏城南蹲在牆邊抱著頭，魚缸早被屋頂掉落的石塊砸破，水草漫出客廳，小魚兒在地毯上掙扎著。

約莫二十秒，天地變色。夏城南緩緩的回過神來，房子早已成了斷垣殘壁。他被卡在兩堵牆中間動彈不得。所幸，只有額頭上受了點傷。

夏城南聽見街上的躁動和哭喊聲，救護車警笛來回穿梭著。因為停電，大家無從得知訊息。只在黑暗裡摸索生路。

『有人嗎？隔壁有人嗎？范先生、范太太，我是夏城南啊！……你們沒事吧？』

夏城南從殘破的牆縫中，隱約看見一個裸著的女人身影。

『……』

『是范太太嗎？』夏城南問。

『我……動不了。』于晶微弱的哭喊著。

『別急，等著，會有人來救我們的。』夏城南試圖推開一道櫃子，從那裡可以進到范家。

『……你先別過來，夏老師……，幫我遮件衣服好嗎？』于晶剛從浴室裡爬出來，沒來得及穿衣。夏城南把自己的襯衫脫下，扔過去給于晶。

『我們這棟樓好像半倒了。真嚴重的地震！……范先生呢？他人呢？』夏城南問。

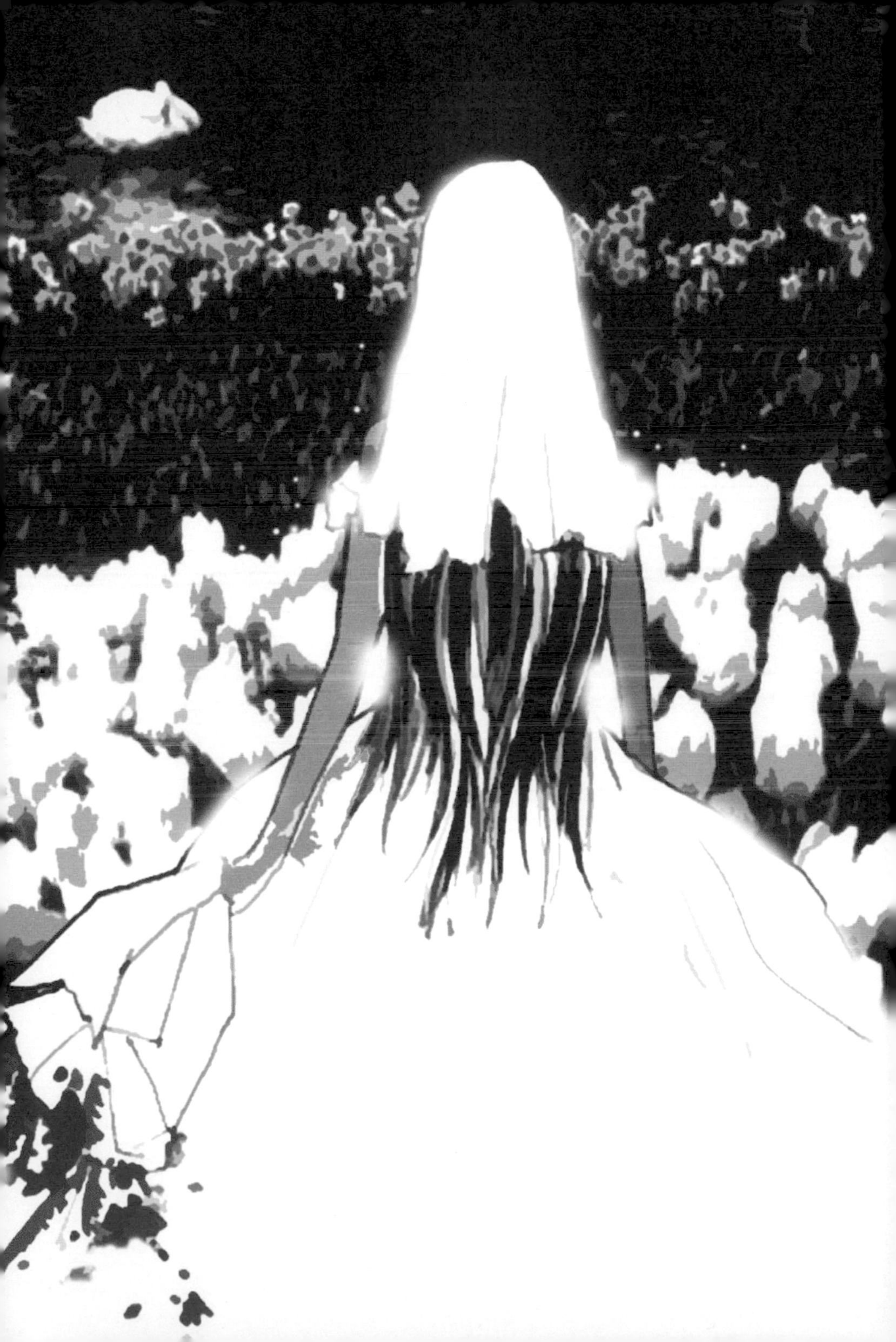

『……這裡早就只剩我一人。沒有范先生。』于晶的臉頰上流著血。夏城南趕緊再扯下自己的汗衫，幫忙包紮。

『……還好夏太太回家去，避開這場災難。』于晶苦笑著，可能因為傷口劇痛，眼淚又洴了出來。

『我……我和內人離婚了，她回大陸老家去了。』夏城南低聲說著。

『啊！是嗎？真對不起，我不該問……。』于晶把襯衫扣子扣起。

『……先別說話，我試試手機能不能通。』可惜夏城南的行動電話，電池耗盡。兩人無奈的對望著。這下，只能靜待外援。

好不容易挨到天亮，又來一陣劇烈的餘震。于晶驚嚇過度，大哭起來。夏城南把她緊摟入懷。兩人緊緊相靠，這一刻，什麼界線也沒了，人和人，就只剩下非常單純的體溫慰藉。

街道的外面，好似人聲鼎沸。還有大批新聞媒體包圍著這棟傾樓。

夏城南高聲的呼喊著，外面有了回應。

『在這裡……A棟的住戶被困在這裡！準備救人！』救難人員小心翼翼的爬上半倒的牆，以探照燈尋找受困者確切的位置。

『……在這兒！我們兩個人，在這兒。』大家費了一番工夫，鑿開了那堵牆，夏城南抱著于晶，向外面的人揮手。記者們蜂擁而上，搶著拍照。于晶因為傷口失血過多，早已昏迷。

『這場規模7.2地震，目前為止已造成數十人傷亡，數百棟建築物毀損，詳細損失還在統計中。』夏城南待在醫院包紮傷口，看著電視新聞斷斷續續的播放著來自各災區的畫面。

于晶醒來時，已是兩天後。岑玉找遍各大醫院，才找到于晶。一見面，兩人抱頭痛哭。

『……我找不到妳！我到處找不到妳！嚇死我啦！』岑玉的小腿上，也包紮著紗布，走路一跛一跛。

『妳的腳怎麼了？還好嗎？』于晶問。

『被櫃子壓傷的，不礙事。妳呢？妳的臉怎麼了？』

『小事啦！只是割傷。』

『其他人呢？有沒有其他人的消息？』于晶急著想知道朋友們的下落。至於家人，因為都移居美國，于晶並不擔心。而范子文呢？會不會回來找她？于晶不抱太大希望。

『大家都好，放心。我家裡沒有問題，可以住。妳先到我那裡吧！』岑玉說。

此時，夏城南從病房外走來。『于小姐，妳醒啦。好些了嗎？』

『我剛回家去看看，他們圍起封鎖線，不讓人進去。』

『夏媽媽呢？聯絡上了嗎？』

『嗯，沒事，我媽剛好在朋友家打牌，那棟房子頂堅固的。只是她嚇壞了，見了我就一直哭。』

『……夏老師，謝謝你……』于晶不知該說些什麼。

『謝什麼？……妳別把我大哭著喊娘的事告訴別人啊！』夏城南說著，于晶噗嗤笑了起來。

整座城市經過這次撼動，人和人的關係，似乎重新組合著。相愛的、怨懟的，都起了那麼一絲絲變化。

城堡算是毀了，裡頭積著的淚水溼氣，如今盡付塵土，再沒什麼好留戀的。于晶搬進岑玉的家暫住，兩人互相照應著。夏城南則向學校請了假，搭著火車，前往那座海岸城市，尋找阿勳和波波。

一個星期後，范子文回來了。他得知于晶在岑玉家中，趕忙來尋。

『子文！……』恍如隔世般，于晶幾乎認不得眼前這個男人。

『對不起，當時我訂不到機位，我人在中東，剛好又……』范子文解釋著。

『沒事的，現在都沒事了。我們的家毀了。』于晶臉上的傷口還沒拆線。

『我……』

『先別說了，進來吧。』于晶遞上一杯熱茶，和一份離婚協議書。

藍色的天空映照著海面，空氣中，飄浮著透澈的水珠子，冒著隨時都要被蒸發的危險，拼命的向上飛躍，展現生命之姿。

『我要叫你什麼？』阿勳在出租公寓頂樓問夏城南。

『……隨你高興啊。』純白色的床單在風中飄揚著。

『你敢不敢說……？』阿勳抱著波波，躺在水泥屋頂上晒太陽。

『說什麼？』夏城南問。

『愛我啊！……』阿勳認真的望著夏城南。

『……不是每件事都要說出來才是真的。』

『那就說看看嘛，沒說的事，也不一定是真的！』夏城南無語。

『……你不配做我老師！夏城南，我愛你！但你不配做我的老師！你不敢說！』

夏城南不知所措，上前緊緊擁抱著阿勳，波波則從阿勳手中掙脫，跳到陽台上去。

『如果不敢說，只是做，那還算不算愛？算不算真的愛？』阿勳問。

『……我有我無法面對的問題，那是一個死結。無解的。』

『沒辦法的解決嗎？』阿勳流下淚。兩人的心如此相近，卻聽不見彼此心跳的聲音。

『那你為什麼……來找我？』阿勳抬頭問。

『……』夏城南吻了阿勳。波波喵嗚一聲，也挨到兩人腳邊磨蹭。

藍色的晴朗天空，突然飄來一陣太陽雨，雨水像千萬面鏡子，映照著兩人緊緊相擁的身影，透出彩虹般的奇異光線。

飄浪之女

我想
母親是有恨的
但她臨終前的笑容
卻又宛如純淨的天使
好像這輩子
只是場夢
我的一生
也在夢中來來去去
試圖找回往日的自己
那個墜入草原之海的女孩

夏日海風熱情的席捲著，把浪花推上消波塊，雪白的水花四濺，在陽光下閃閃發亮。

穿著一襲背心式米白洋裝的逸雲靜靜站在岸邊，短髮在海風吹拂之下，突然延長至腰際，她把頭向後仰，覺得身子一陣輕飄，天空和地面隨即旋轉起來，學校和家都變成極小的模型。漁港裡的船隻，則像海上漂流的浮木，安靜的聚在碼頭。

逸雲大口呼吸著，空氣裡有熟悉的魚蝦腥味。

忽然，騎著小掃帚的女孩飛過，撞上逸雲的肩膀，一個不平衡，兩人相擁墜落在青翠的大草原上。

原本以為會摔痛的，逸雲懷裡的小女孩卻咯咯笑了起來，撲倒在像枕頭般柔軟的草地上。此時，草原突然化為如鏡的池水，女孩變成魚兒，自顧自地游走。

逸雲想喚住她，伸手探入水池。草原卻無情的掀起狂風，樹葉、青草絲、混雜著海水，模糊了逸雲的視線，山頭下的學校，下課鐘響起，一陣狂風又把逸雲吹上了

天，像一只無主風箏。

夢醒時，天色已暗。逸雲獨自在家中，等著丈夫下班，女兒下課。老狼狗「TOLA」走失了兩個星期，牠的鋼碗裡，仍然殘留過期的飼料。

這一天，靜的出奇。院裡的七里香趁夜狂放，以一種沈默的堅決，霸佔了空氣。那香味，她並不喜歡，讓她想起一個叫『沅香』的女人。

逸雲出生在宜蘭澳底，父親林鎮源是留洋的讀書人，母親何淑秀是地主女兒。但自逸雲出生以來，沒見過父母親說話。那冷漠，如刀劍般，橫在一家人的中間。

『喜歡這件衫嗎？』從布莊採購回來時，母親會到逸雲房裡。

『甘有吃飽？』沈默的年夜飯後，母親簡短問著。

母親說過的話，在逸雲印象中，屈指可數。

母親的抑鬱寡歡，是因為父親有個紅顏知己沅香。逐漸長大的逸雲，開始懂得成人世界中的不如意。從長輩口中得知，父親和沅香年輕時曾一起到日本留學，原本私訂終生，但在家族長輩做主下，父親不得已放棄沅香，而和逸雲的母親結婚。

傷心的沅香為了顧全兩家顏面，獨自一人移居海外。

『媽！你的電話……』逸雲的女兒小晴，今年剛上大學，一身牛仔褲白T恤，揹著電吉它。

逸雲回過神，緩步走向電話。

『阿雲……，我是阿忠伯啦！』電話那頭傳來。

『喔……，忠伯，你好。』逸雲一面回頭示意要小晴到廚房關爐火。

『是這樣的啦，有一個人想見妳……。』忠伯語氣遲疑。

『是誰？』逸雲純白色的裙擺，被門口一道風輕輕揚起，露出纖細的小腿。逸雲雖然已屆四十，仍保有少女的身段。

『是……妳沅香姨啦，她在日本病重，現在家人把她接回老家，醫生說時間不多了，她臨終遺言交待，想見妳一面。不知妳肯不肯？』

逸雲握緊話筒，眉頭緊皺，感覺到喉嚨一陣刺痛，竟說不出話來。

『阿雲……，事情都過去這麼久了……，你爸爸也過世了，上一代的恩怨，就隨它去吧。見她一面好嗎？』

『如果一切都過去了，她還要見我做什麼？……』逸雲掛上電話。廚房電鍋冒著蒸氣，眼前，模糊起來。

清晨罩著薄霧的陽光，短暫佇留在前院花台上，紅的紫的一串矮牽牛，輕吻著露水，繼續向上攀爬。逸雲顧不得那些生氣蓬勃的植物，反倒是那株枯萎的薰衣草惹她憐愛。

薰衣草季節不對，很難養活，這點逸雲也知道，但她偏偏固執的愛到花市買來栽種，看著花串在不適宜的季節裡凋落殆盡，枝葉盡黃，逸雲也要跟著難過一陣。

更讓她難過的是，養了十多年的老狼狗TOLA，兩個星期前在樓下走失。

『能找的地方都找過了，獸醫院也貼了協尋告示，媽媽就靜靜在家等消息吧！TOLA認得家，自己會回來的。』小晴試圖安慰母親。

但逸雲還是失魂落魄，像身上少了塊肉一樣，痛得難熬。TOLA的血統，源自逸雲阿公養的老狼犬HERO，TOLA也是逸雲從老家帶出來，唯一的行李。

TOLA年紀大了，很少出門。這次不知為何，突然失蹤。逸雲放心不下，夜裡趁家人睡著，就拿著牽繩和牛肉罐頭，偷溜出門，沿著附近幾條大街，找到天將亮才回家。

『TOLA、TOLA、TOLA……』逸雲刻意壓低嗓音喊著狗名，在無人夜街上，像一種悲涼的迴音，彷彿逸雲才是遺棄的流浪者，在尋找原本豢養著自己的主人。

『阿雲，你今天不是要回貢寮參加活動？早上會長有打電話來呢？問妳歌詞寫得怎樣？』丈夫阿鋒提醒著。

『我不行啦！寫不好的。那麼多年沒有唱歌，現在根本不能唱。』逸雲放下盆裁，急忙走進房間。

『可是妳都答應了……』阿鋒追了過來。逸雲轉身把門鎖上。丟出一句：『我人不舒服……不能見人啊！……』隔著木門，傳來紙張被撕碎的聲音。

阿鋒出門上班時，看見碎紙片如羽翼般從窗口紛飛飄散，彷彿織成一面網，網中乘載著款款音符。大風一刮，紙網破裂，音調嘎然而止。阿鋒彎下身拾起小紙片，隨手塞進褲袋。

父親過世後，逸雲受到鄉民召喚，經常回鄉關心反核自救活動。她知道，人生再多的苦楚，都能在家鄉的土地上得到安慰，每當看到街坊老鄰居們為了反對核四廠興建在貢寮的好山好水上，而付出大半輩子心力和龐大政治勢力爭鬥；還有父親終其一生壯志未成，逸雲不禁心痛。

這一天，逸雲原本答應要為自救會寫反核歌曲，但完成的作品，又在一瞬間，消滅於無形。

或許是遺傳自母親的陰鬱性格，逸雲終日受到低落情緒困擾。雖然她不願相信，這大半輩子的不開心，都是源自於基因中的某部分問題。她總覺得，如果父母能相愛，家裡就不會冷冷冰冰，一切不好的事，也就不會發生。那座被咀咒的核四怪獸，可能也不會來霸佔家園。

『人活著真的好辛苦。』逸雲幽幽嘆了口氣，眼眶淚聚成海。一旁的阿鋒卻如雷殛般疼痛。要如何愛一個人，才能令對方快樂，那種舉足無措的悲傷，深深烙印在阿鋒的心上。

直到最近兩年，逸雲輕生的念頭越加明顯，阿鋒這才開始緊張的帶她四處求醫。

這病，把她折磨得夠久了，年輕時豐腴美麗的她，如今剛過四十，已枯瘦得不成人形。

每回看完門診，阿鋒總會細心的把藥分裝在小盒裡，在上面標示著日期，並在最後一天的格子上，畫上笑臉。

阿忠伯打過電話後一個星期，親自登門來訪。帶來沅香的死訊，和一袋遺物。

『阿雲啊……，你爸爸這世人，活得很痛苦……。無法和相愛的人在一起。也得不到你們的諒解……。你甘知影？你爸爸愛的是沅香，只是你阿公一再反對，才造成這樣的結果，但是啊，沅香也太可憐了，你爸爸媽媽結婚後，她就發誓不再回來，不會破壞你們的家庭……。現在三個痛苦的人都過世了，塵歸塵、土歸土，你就別多想了。……』從小看著逸雲長大的阿忠伯，低頭嘆了一口氣。客廳小爐上準備沖茶的那壺水，好像再也煮不開似的，沈悶的低鳴著。

『對了，這些東西是沅香要交給妳的。』忠伯留下一個紙袋後，起身離去。

逸雲呆坐在沙發上，從傍晚到深夜。阿鋒見狀，擔心她情緒又受影響，趕緊哄她吃藥，同時把紙袋收起來，出門買了兩碗蚵仔麵線，嚷著要老婆陪他吃宵夜。

逸雲仍然不回話，起身回房。

夜半裡，七里香隨風飄入床前，床頭的收音機，幽幽傳來樂音，那女子唱道：

對你的情絲　未凍放袂記
期待天上再相見　陪伴在你身邊
沙埔的腳印　呼海水抹平
海鳥嘛替阮唱出　美妙的歌聲……………

那年，逸雲十八歲。從小到大，和父親的互動，大概不到十八次。在逸雲的心中，是有怨的。看著母親從少婦到衰老，寂寞而死。逸雲不能原諒父親，而那個如夜半幽香，纏繞著父親的女子，更令她無法釋懷。

母親四十歲那年，得了肺炎過世。雖然家裡不缺錢，醫院也給予最好的治療，但母親似乎堅決求死，任何藥物都起不了作用，在結束生命那天，逸雲恍忽看到，母親笑著。那是唯一一次，見到母親的笑。

辦完喪事，逸雲收拾簡單行李，搭夜行客運北上，沒有和父親告別。

那時的父親，積極投身反核運動，鄉民們抵死不讓那座遺害子孫、荼毒土地的怪獸，佔據他們美麗的土地。

『大家要知道，一座核電廠，只能使用二十五年，但是為了這二十五年的用電方便，我們卻把災禍留給子孫，核廢料兩萬多年也不會消失……』那天在鄉公所的反核行動說明會上，是逸雲最後一次見到父親。

因為歌聲清麗，北上找工作的逸雲在朋友介紹下，參加歌唱比賽脫穎而出，得以到當時有名的歌廳駐唱，並學習填詞譜曲。那三年時光，快樂而充實。在樂手阿鋒熱烈的追求下，兩人共結連理。婚禮辦得簡單，父親並不在賓客名單中。

逸雲關上收音機，緩緩坐起。床緣上冰冷的月光，鏗然碎裂。那發黃的舊紙袋上，寫著日文，有些褪色，像欲言又止般。

逸雲坐在桌前，拆開紙袋。裡頭是一封信，和一串珍珠。

阿雲：

這一切都是天註定的，我知道，你很怨我，但我想說的是：你爸爸真的很愛你。這串珍珠是妳結婚時，他托我從日本買的，說要送給妳婚禮上戴。但後來，他又寄回來給我，我想，你們父女兩有著同樣的脾氣吧！

你爸爸常說，妳長得漂亮，歌唱得好……。我一直好想見你，部分理由是，妳身上流著爸爸的血，或許，妳很像他吧！原諒我自私的想在妳身上找你爸爸的形影，你不答應是應該的，我的要求太過分了。

總之，在我生命結束之前，我希望妳了解，妳的父親並不是忘恩背情，我們有太多難言之隱，望妳體會、原諒。

沅香

發皺的信紙，散發著濃濃的藥水味。逸雲不禁想著，這個臨死的老婦人、父親愛了大半輩子的女人，為何如此在意自己的感受？

逸雲握著那串白色珍珠項鍊，怎麼也拼湊不出父親的臉，眼淚竟決堤而出。

和逸雲不同，剛滿二十歲的小晴，充滿熱情活力，在學校是風雲人物，參加搖滾樂團，擔任主唱。

小晴的臉像月牙般清麗，配上海水般明亮的眼睛，總讓男生們昏頭轉向。但個性倔強的小晴像是宣戰似的，削短了長髮，穿著破T恤和牛仔褲，向那些想追她的男孩子放話：『吉它練好了再來！』隨即親密的挽著同團另一名女孩貝斯手離開。

和母親一脈相承，小晴的現場演唱功力不凡，才大二就拿下大專校園樂團冠軍，擁有許多Fans。今年夏天，她們報名參加在宜蘭貢寮舉辦的國際海洋音樂祭，準備大展身手。

『媽！星期天我要去福隆海水浴場，有比賽喔！妳要不要來看？』女兒百般勸說，加上地點又在故鄉，一向不愛出門的逸雲終於點頭答應。

福隆火車站像是老蒸籠重新上灶一般，加了柴火，鬧熱滾滾。小鎮突然湧進成千上萬的觀光客，把破舊的鐵柵門擠的嘎嘎作響，上了年紀的收票員有些應接不暇。

逸雲和小晴隨著洶湧的人潮走出車站，右邊商店裡頭戴斗笠的矮胖中年婦人，熱情的招呼著。

『阿雲！妳回來了喔……，今天好熱鬧，好久沒有這麼好的生意了！』喚作月瑛的女人，是逸雲的小學同學。

『我來看女兒表演啦！她有參加音樂祭。』逸雲忍不住臉上得意的神情。

『哇！小晴長這麼高啦！水！水！水！』月瑛連聲讚美。小晴把棒球帽壓低，淺淺笑著。

『月瑛阿姨、媽，我和朋友先去海水浴場喔！』小晴打過招呼，啃著月瑛請的枝仔冰棒，往沙灘盡頭走去。

音樂祭已成為福隆海水浴場的新生命，原本遊客逐漸凋零的寂寞沙灘，因為搖滾樂的激情，重新注入活力。像小晴般的年輕男女，懷抱著他們的音樂狂夢，一年一度，準備在這片樂土上，徹夜狂歡。

小晴的表演在隔天下午。這一夜，逸雲到月瑛家裡長聊。兩人雖然同齡，但一直留在家鄉捕魚維生的月瑛顯得蒼老許多。

『還是妳比較聰明，卡早離開這裡。』月瑛把丈夫捕的漁貨，倒進廚房水槽裡清洗，準備煮一頓海鮮大餐。

『核電廠一蓋，這裡就完了，以後海水升溫，沙灘消失，遊客也少了，我們不知要怎麼生活下去。……那個什麼環境評估報告，說這裡沒有什麼珍貴物種，他們是沒有下水看過那些珊瑚喔！』月瑛感嘆。

逸雲戴上手套，熟練的幫忙刮除魚鱗，低頭不語。

海風和人群齊聲呼嘯著，發燙的沙灘上，音樂正在蠢動。各家電視台的轉播車則待命著，要把這場音樂聖祭，用即時的速度，傳送到所有愛音樂和不愛音樂的人面前。

小晴是下一個表演團體，正在後台準備上場。

穿著大花沙龍的男孩主持人隨著前一場搖滾電音結束，激情吶喊：『你們High不High啊？……』台下波浪般的回應：『High！』

『還要不要更High的？』主持人拉高音調。後台小晴的電吉它聲悠然響起，群眾尖叫不停。

『她們是誰？』主持人把情緒帶到高潮。

『潮汐！……潮汐！……潮汐！』

在少男少女的狂喊聲中，「潮汐樂團」登場，小晴和三位團員穿著藍色牛仔褲和白色T恤上場，幾個短髮女孩，舞動著清新又魅惑的身影。

……來來去去……迭迭起起
……海水……是我的藍色的血液
……沙灘……洴裂滾燙的熱情
……我要回到過去……回到母親身體……

小晴遺傳自父母的音樂天份，表露無遺，第一次看著女兒演出的逸雲，忍不住落下激動的眼淚。彷彿看到自己，當年在華麗舞台和燈光下，初次登台演出，唱著台語歌曲—飄浪之女。

白色的煙霧　陣陣浮上天
美麗天星閃閃熠　白花含情帶意

初戀恩愛情意 因何來分離
吉他彈出哀怨 溫泉鄉歌詩……

小晴的演出獲得激情的回報，歌迷們大聲躁動，吶喊「安可！」

此時，小晴突然靜默著。大約五秒後，拿起麥克風低沈的問：『你們喜歡潮汐嗎？』台下大喊喜歡。

『你們愛小晴嗎？』愛啊愛啊……此起彼落。

『我要你們知道，是誰教會小晴唱歌的……』

『媽媽！』小晴向逸雲揮手。群眾起哄著，大喊「小晴媽媽！」、「小晴媽媽！」。

逸雲沒料到女兒行徑，一時之間不知作何反應，只微笑著對女兒揮揮手，隨即轉身往舞台另一頭走去。

雖然離舞台有五百公尺左右遠，但沙灘還是隨著音樂微微震動，逸雲脫去鞋，讓黃昏的溫暖海水，平撫她的情緒。

在沙灘上賣飲料給遊客的月瑛，老遠看到逸雲，高興的揮著手跑來。兩人並肩往沙灘盡頭走去。

『今天生意不錯，飲料快賣完了！等一下唱完妳們不要走喔，到我家吃飯！今天有好料的！』月瑛故作神秘狀。

『……唉，我在這裡長大，什麼好料的沒吃過啊？』逸雲笑道。

『說的也是啦！但我們好久沒見，陪陪老朋友聊天嘛！』月瑛腳步突然停住。逸雲看見眼前，原本柔細的沙灘，竟然變成滿目瘡痍的石礫灘。

『最近一年，因為核四重件碼頭興建，沙灘已經縮小了，今年為了音樂祭，鄉公所還特別從別的地方運沙過來呢！』月瑛嘆道。

『……』逸雲無語。彎下身來，把鞋穿上。

童年時期，阿公經常帶著逸雲到海邊散步。

在那個父母冷戰的時期，阿公的慰藉，是逸雲最重要的精神支柱。

『阿公，我想要坐船……』逸雲拉著阿公的手，指向海洋上小丁點的船影。

『阿雲想去哪裡？阿公帶妳坐火車，女孩子不要坐漁船，會暈船喔！』

『我想去台北……』那年才小學五年級的阿雲，根本不懂台北在哪裡，只覺得那裡回來的人，都光鮮亮麗，令人稱羨，例如那位漂亮的美術老師。

夜裡睡不著，逸雲喜歡蹲在前院數星星。

『阿雲，明天要上課，卡早睏。』住在隔壁的阿公，正在倉庫裡收拾農具。

『……阿公，我是不是撿來的孩子？』

『妳小孩子胡說什麼！』阿公輕怒道。

『不然為什麼爸爸媽媽都不理我？學校有事他們也不去？』逸雲把頭埋進膝蓋間，小手十指交疊。

阿公又說了一句：『小孩子不要胡說八道！』

祖孫間靜默了一會，阿公走過來拉起逸雲的小手。『走，阿公帶妳去看火金姑！』

老房子後面的山坡上，一入夜晶晶發亮。逸雲一個人從來不敢走到後山。

如繁星點點的螢火蟲，此起彼落，似乎歡唱著。阿公輕聲道：『要小聲一點喔！不要嚇跑火金姑！』『阿公，我可不可以抓火金姑，我想要養……』當時的逸雲，因為自然課，迷上飼養小昆蟲。

『抓是嘸要緊，但是不能弄死喔！這些火金姑，是阿公的寶貝！……如果抓回家養，很快就會死掉喔！』

小逸雲望著阿公的臉，不解的點頭。

那首歌，在逸雲腦海中，早已成形。雖然草稿被自己撕毀，但詞曲都是自己做的，怎麼也不會忘掉。

黃昏的海水浴場，夕陽沈入海平線。舞台那邊燈光亮起，樂音正酣。但此時，逸雲耳中卻聽不見任何聲音。踏著受傷的沙灘，逸雲輕聲唱起……

阮正在黏田英　田英來吃餌　（田英——蜻蜓）
吃飽放你去　阮玩甲真歡喜
田岸邊　溪仔墘　四處攏總是
阿公叫阮豆放伊去　未凍傷害伊
阮正在抓金龜　金龜真正美
恬在樹頂吃樹杍　阮玩甲真歡喜
樹仔頂　葉仔墘　攏會當看到伊

阿公叫阮豆放伊去　未凍傷害伊
阮正在后金姑　火金姑閃閃熠
親像暗暝的天星　阮玩甲真歡喜
大路邊　溝仔墘　四處攏總是
阿公叫阮豆放伊去　未凍傷害伊
未凍傷害伊

『阿公叫阮豆放伊去……未凍傷害伊……』在逸雲的歌聲中，小晴的吉它伴奏聲響起。

『……媽，這首歌真好聽，雖然和弦很簡單……』小晴在逸雲身後聽了幾句，就抓出曲調，母女倆人再合唱了一遍。

『天色不早啦！到我家吃飯吧。』月瑛熱情招呼著。

海岸已被沈沈黑夜包圍，沙灘上狂歡的少男少女，人手一支螢光棒，在夜色中，有如火金姑飛舞著。

夏天過去。TOLA還是沒有回家。空碗和水盆，逸雲不忍收起，靜默的擺在陽台角落。

『這位太太，如果妳要認養流浪狗，要先到櫃台登記喔。』一名打掃義工親切的微笑著。這天上午，逸雲獨自一人，來到山上的市公所流浪犬收容中心。

狗舍的空氣中混雜著排洩物和腐敗食物的氣味，雖然有義工定期來打掃，但還是無法應付日漸增加的流浪狗數目。

『這裡的狗，再過三天就要安樂死了。……嘸法度，嘸人疼愛的狗仔，就是這款命。』一名身穿環保局背心的員工無奈的說著。

在繁華的城市中，狗兒一旦流浪，就會被當成垃圾處理，牠們只是一堆還呼吸著的腐肉。站在狗舍中，逸雲的手心冒著汗，她東張西望，像在找著什麼人。群狗見了，也開始躁動，狂吠不已……

逸雲覺得一陣暈眩，跌了一跤。義工趕緊上前來扶。

『小心小心！裡面地很滑啊……』逸雲眉頭緊蹙，手心中握著的照片掉落地面。

『妳在找狗喔？』義工撿起照片。

『……』逸雲彎下身，嘔吐起來。柵欄裡一隻小白狗搖著尾巴湊上來，米白色的前腳，從欄裡勉強伸出，友善的輕拍著逸雲的裙襬。

『它叫TOLA……十五歲左右，走失兩個月了。』逸雲說道。

『……兩個月喔……可能還在外面遊盪也不一定，我們這裡倒沒見過這麼大的流浪狗。』義工端詳著照片。

『……我嘛不知……，只是來看看……有沒有可能……』逸雲欲言又止。小白狗不經世事般的熱情，還在搖尾嬉鬧著，隔著柵欄想要和逸雲玩耍。

『妳把照片留下來，我會幫妳注意。』

『……多謝你。』逸雲道過謝，轉身望著小白狗的臉問道：『這隻狗也是剛抓來的嗎？』

『喔……這隻不是，那是捉來的母狗SOGO生的，SOGO死了，留下三隻小狗，兩黑一白。』這裡的狗沒有名字，在哪裡捉的，就隨便叫什麼。SOGO是在百貨公司後門捉的，牠趴在自動門邊吹冷氣時落網。

『我可以認養牠嗎？』逸雲彎身撫摸小白狗的頭，小白興奮的狂跳起來，一會兒又肚皮朝天扭動著身軀。

TOLA會不會回來，逸雲不願去想。只是那副碗盆，她永遠都不會丟。新來的小白，取名珍珠，逸雲準備了新的小碗。

在阿鋒嚴格督促下，逸雲持續服藥，憂鬱情緒逐漸好轉。也繼續以歌詞創作，支持著家鄉的反核自救活動。只是，那巨大的力量難以撼動，土地的價值終究被以電力度數衡量著。

『我想搬回老家。』逸雲抱著珍珠，向阿鋒表白心意。

『……嗯，這樣也好，妳也會比較快樂吧！』

『但是……，你的工作怎麼辦？我是想說，一個人回去，你如果不想，就待在台北也好。』逸雲婉轉說著。

『你不問我為什麼想搬回宜蘭？』

『我們夫妻這麼多年，難道不懂妳在想什麼？』阿鋒笑道。逸雲突然理虧似的，像個小女孩般低頭垂淚。

『別這樣啦，我會陪著妳的，反正開計程車嘛，我到哪裡都可以討生活。』

此語一出，逸雲更是哭得無法收拾。

突然要離開生活了大半輩子的都市，逸雲說不出多麼言辭鋒利的強悍立場，只是希望，能永遠陪著那塊孕育她的受傷土地。同時找回童年記憶裡，受傷的自己。夢裡墜落草原的女孩，其實就是逸雲。飄遊在海港的靈魂，也是她失落多年的青春。

父親的墳，座落在山巒之間，可以遠眺福隆海灣美景。

逸雲和阿鋒並肩坐在一塊大石頭上，小白狗珍珠則在草地上打滾著。逸雲望著父親的墓碑，那刻字的凹痕裡，堆積著厚厚的灰，父女倆多年來不曾訴說的心事，也被壓在底層。

說些什麼呢？就算說了，父親也不見得能聽見啊！逸雲低頭拭淚。阿鋒趕緊遞上手帕。

遠方的海景，平靜無波。山巒上的秋芒，隨風搖動。

逸雲把淚擦乾，靠近阿鋒懷裡，這個多年來，一直守護著她的人。

『……阿雲……風很透，小心著涼。我們走吧。』逸雲點點頭，兩人手牽著手，在一片秋芒當中，開出一條通道，但腳步一過，芒草又掩去來時路。玩瘋的小珍珠驚覺主人走遠，也在草堆裡發足狂奔。

『你還記得我第一次登台唱的歌嗎？』逸雲問道。

『……哪會忘得了？』對於逸雲主動提及往事，阿鋒又驚又喜。為了怕觸動妻子心事，這些年來，阿鋒不輕易提出任何問題。只用一種靜默的溫柔，守護著逸雲。

『妳唱飄浪之女真的很動聽……那種感情好像是……妳在這首歌裡面……啊……我不會講啦……。樂隊老師最稱讚妳……我常常顧著看妳唱，彈錯和弦，還被老師痛罵一頓呢！』阿鋒笑道。

逸雲笑了，久違的笑容。阿鋒定睛望著，忍不住紅了眼眶。正在出神，聽到逸雲哼唱起「飄浪之女」。

詞：許丙丁 曲：文夏

白色的煙霧 陣陣浮上天
美麗天星閃閃熠 白花含情帶意
初戀恩愛情意 因何來分離
吉它彈出哀愁 溫泉鄉歌詩
命運的安排 鴛鴦分東西
海角天涯訴悲哀 日夜望伊回來
殘忍愛神阻礙 情海起風颱
吉它伴阮流出 純情的目屎
純情的情絲 已經斷了線
淒涼東風冷颼颼 孤單誰人掛意
山盟海誓情意 因何也分離
吉它彈出哀愁 溫泉鄉歌詩

歌聲留在風中，穿雲透霧。逸雲胸前配戴著，父親送的珍珠。

蝶

如果一個人
擁有的東西原本就寥寥可數
老天爺理應對他慈悲些
但真正的慈悲
究竟是寂寞的活著
抑或是風光的戰死

星期一早晨，槭樹葉落著，沙沙劃過空氣，無關緊要的落在水泥地上，等待腐去。李老伯叼著黃長壽，搬張板凳，就坐在自家門口那棵十多年來從不修剪的九重葛下。長長短短的帶刺樹枝，足足竄了兩層樓高，雖然結滿紫紅花串，但還是令人發毛，好像一靠近，就要被萬刺穿心。鄰居們經過李家，總是快步繞過。

唯一親近李家的，是那條不知天高地厚的跛腳流浪黃狗，李老伯一見到他，二話不說，先起身抓棍子，一拐一拐的把狗趕跑，嘴裡還嚷著三兩句家鄉粗話，看在鄰居眼裡，瘸老人追打瘸狗，大家都笑。但到了夜裡，李老伯又會偷偷的把剩飯剩菜，倒在後巷子。時間一久，小黃狗膽子壯了，登堂入室，成了李老伯的小跟班，取名「小鳳」，每天就臥在那棵人見人怕的九重葛下。

李老伯心裡算計著，這輩子，他就只剩「三子」－獨生兒子、公家配的老宅子、和退休俸那點銀子。兒子李剛三十好幾，順順利利念到研究所畢業，長得好端端的，但就沒帶過一個女孩兒回家。李老伯納悶著，怎麼說李剛也是位當紅的科技新貴，月入十幾萬，還有股票分紅，開著百萬房車，這樣保險妥當的男人，沒人要，說出去誰信？

李剛習慣穿深藍色長袖襯衫，雖然不打領帶，但第一顆釦子還是要扣的。就怕哪裡透了風，讓人看到自己豆腐般、慘白鬆軟的皮膚。包裹在皮膚和襯衫間的，還有那說不出什麼味兒的古龍水，少見陽光的男人，總是帶點霉氣，再名貴的香水，只會突顯身上的不合時宜。

『沒問題，我可以在一星期之內完成這項產品樣本。』

『沒問題，我明天就可以交出報告。』

身為科技新貴，李剛的工作表現百分之兩百，他樂於把時間完全奉獻給工作，在公司裡，他靠實力得到尊崇地位。但一離開那棟辦公大樓，李剛就顯得侷促不安。電梯裡、停車場、園區大門，四處都有監視器，究竟在畫面中的自己，是不是真實的存在？又是誰在觀看這一切呢？

李剛不安的低著頭，緊抱手中的筆記電腦，快步走向自己的座車，接下來以六秒鐘加速到時速一百公里的完美速度，竄進黑夜。國道上佈滿的鏡頭，如星星般閃亮。

深夜下班，李剛一進家門，總要先進浴室洗手。輕輕旋開水龍頭，雙手塗滿消毒藥皂，水聲如飛瀑而下，直到因緊握方向盤而發燙的雙手逐漸冷卻。李剛那雙瘦長蒼白的手掌，看起來像是浸在玻璃罐裡的人體標本。鏡裡的李剛背後，似乎躲著另一個少年。

洗手典禮進行的同時，李老伯則是在廚房裡下水餃，為辛苦工作的愛子準備宵夜。水滾了，一群水餃載浮載沈掙扎著，李老伯一面往鍋裡加冷水，一面叼念：『你是存心讓我李家斷後啊？』李老伯話不多，幾個字就要人命。

李剛不理，接過水餃，一顆顆沾著白醋，慢慢往嘴裡送。吃完了，把桌上收拾乾淨，禮貌性的對父親點了頭。

『爸，您的降血糖藥，我下午幫您去醫院拿了，記得吃。門診預約下個月五號，別忘了。』

李剛把藥包放在桌上，隨即回房鎖門。

情慾的樣貌，在十指間奔洩而出。

越是語意模糊、越是短暫掠過，就越消魂。

『熟女俱樂部』裡，小粉蝶登入。

『我的冰箱壞了，啤酒發燙。……』

『我請妳喝一杯吧！小粉蝶。』在聊天室裡化名『1970』的李剛回應。

『越是落單，越要勇敢體會這苦味。啤酒本來就是苦的，只是人們起哄做樂時，把它捧成甜的。假裝它真的可以解愁。』粉紅色的細明體字型，不吐嗔語，卻嬌豔欲滴。

『妳在台北嗎？』

『嗯。』

『能不能見面？請妳喝一杯冰的啤酒？』

『……』小粉蝶不回應。

『兩個人的啤酒雖然也還是苦的，但至少有種同甘共苦的況味。……說實話，我是一個平凡男子，身高沒有178，年過三十，網路無帥哥，妳應該也了解吧！不要浪費彼此時間，我想見妳，行嗎？』

『……』小粉蝶又抖下幾顆花粉似的點點，充滿挑逗性。

『我們在哪裡見面？』

『現在不是見面了嗎？』蝶說。

『如果一個人空虛，兩個人也不會因此美滿，我的身體可以滿足男人，但滿足不了我自己。』蝶嘆。

『別急，哼首歌給我聽……，我喜歡看男人唱童謠的表情，記不住小時候的歌詞，只有副歌唱得特別大聲，那模樣好可愛。』

李剛呆坐在電腦前，大街上狗兒吠了起來，而夜，正長。

『蝶，別玩弄我，我想要妳。』剛說。

『你並不認識我啊……親愛的。』

『這兩件事沒有關係吧！』

『大有關係。』

小粉蝶登出……。

如果生命終要結束，我想和妳一起畫下句點。

但是……我們存在的世界，究竟是不是一樣的？

那年，十三歲的李剛，騎著單車，每天下課後載著小表妹柔柔到海邊尋找秘密花園。

『柔柔，妳可以在這裡說話，只有海能聽見。』

李剛把表妹從單車後座抱下，柔柔的小球鞋，把塵土一踏，點點飛沙。李剛做勢摀耳朵，柔柔無聲的笑著。

因為父母鬧離婚，七歲的柔柔被暫時寄養在李家，柔柔愛笑，卻從不開口說話。

雖然已屆上學年齡，但卻一直擔擱著。

『柔柔，等妳長大後，我們一起去海的外面玩。』

柔柔蹲下來，撿著白色的小石頭，往褲袋裡塞。海風靜靜吹著，落日照在柔柔的側臉上，彷若天使。

如何讓天使開口說話，是少年李剛的難題。

那幾年，兄妹倆總是一前一後，大手拉小手，玩遍校園、海邊、衣櫃裡、床底下、屋頂上……。

有一次李剛把院子裡晒著的衣服收進房間，不見柔柔蹤影，卻聽見窸窸窣窣的聲音，從衣櫃裡傳來。李剛悄悄走近衣櫃，猛然打開門朝裡頭大叫，一堆剛被太陽烤過的熱衣服就堆在柔柔的小身體上。柔柔並沒有被嚇到，一聲不作。李剛急忙把衣服撥開，只見柔柔睜著大大的圓眼睛，望著李剛笑。

三十度高溫烤乾的衣服，給人溫暖的安全感。李剛也鑽進衣櫃裡，坐在柔柔旁邊，關上衣櫃門。柔柔把頭靠在李剛胸前，小小的呼吸著。

這一年，李老伯剛退休，總是一大早就穿著西裝皮鞋，坐在門口，偶而去郵局辦個事，有時候去參加演講、看看畫展之類的。

隔壁幾個寡婦，愛湊在一起打麻將，其中一個姓劉的女人，總愛找李伯伯上她家裡修電視。說是修，其實不過換個搖控器電池之類的。姓劉的女人不穿內衣，兩個大乳房在絲質花衫下左晃右甩，看得李老伯猛吞口水。

『爸！……爸！』李剛在劉家門口喊著。

裡面沒有回應，燈是暗的。

李剛上學時，柔柔會自己到學校玩。有一次學校旁的空地上大興土木，柔柔為了撿石頭，竟自己爬上預拌水泥車，被工人發現一喊，失足摔了下去，緊急送醫，斷了一條腿。

柔柔受傷後，舅舅、舅媽只分別來看過一兩次，丟下幾萬塊錢後，沒有再出現過。李伯伯大罵李剛媽媽娘家的人都沒良心。李剛的媽媽，很早就離家出走了，還標走一大筆會錢。在李剛心中，大人的世界很難了解，此時他只關心柔柔的傷勢。

李剛愛著表妹，在他十五歲那年生日，就清楚的知道。

還在做復健的柔柔，拿著小拐杖，在後院裡用大小石頭，堆成一個蛋糕，還折了一艘紙船，放在蛋糕上。

『……』柔柔把李剛拉到後院，仍是一語不發。

李剛看著石頭堆成的蛋糕，突然放聲哭了起來。媽媽離家出走後，李剛沒有過過生日。

那一天深夜，雷雨大作，柔柔睡不著，用小拐拉輕敲李剛房門，李剛讓她鑽進自己的被窩。雷雨聲越來越狂妄，敲擊著寂寞的少男心，李剛懷裡的表妹，像剛出爐的菠蘿麵包，溫暖軟呼，令人無法抵擋。

李剛把懷裡的表妹鬆開，望著那張緊閉雙眼似睡非睡的小臉，呆了半晌痱子粉的香味襲來。

『……哥！』

李剛低頭湊近柔柔的小粉唇，嗅了嗅，又張口輕咬柔柔的鼻頭，柔柔笑著，眼神清澈如大雨後的天空。

正當青春的炙熱慾火，已經點燃，李剛像一頭初次狩獵的小野虎，只顧著低頭，慌亂的嗅舔著懷中不掙扎的獵物，柔柔的耳垂、下巴、頸子……都香甜可口。

李剛把手伸進柔柔的史奴比睡衣，撫摸著那未發育的胸部，再伸手進自己的褲襠，磨蹭起來，柔柔依然溫馴的看著李剛，又喊了一聲『哥』，隨後伴隨著雷聲和李剛的心跳，沈沈睡去。

李剛把頭矇在被子裡，墮落而狂喜的低吼著，柔柔細緻的髮，乖乖的貼在李剛汗溼的胸膛。

天矇矇亮了，李剛望著熟睡的表妹，和自己黏膩汗溼的手掌，不禁哭了起來。那手，骨瘦如柴，似乎沾上了毒藥，再也弄不乾淨，李剛驚慌的逃出房門。

幾個月之後，辦妥離婚手續的舅媽來接走柔柔，移民加拿大。

十年之後，李剛大學畢業，準備到美國繼續念書。透過層層的請託和聯繫，李剛找到柔柔在加拿大的住址。

英式花園洋房裡，出來開門的是一個蓄著大鬍子的胖老外，跟在後面探頭出來的，是仍保青春美麗的舅媽。

柔柔自殺了。

漂亮的舅媽簡短的說著。這是有關柔柔，最後的消息。

我在尋找蝶，如果誰曾經見過，請告訴我。

星期五下班時已經接近九點，李剛結束會議，開車北上。這天晚上，和女網友EVA約了見面。

李剛坐在酒吧裡等著，威士忌加冰降低下半身的溫度。下著雨，店裡的冷氣凝結成霧，落地窗裡裡外外的人，彼此都看不見對方。

一個小時後，李剛的手機響了。裡頭陌生的女孩聲音笑得很甜。

『你來啦！我看見你啦！』

李剛狐疑的抬頭四望，找不到發話的女孩位置。

『妳在哪裡？我們又沒見過面，怎麼知道我來了？』

『傻瓜！我亂猜的，如果你真的來了，就到學校來接我吧。』女孩說。

『……好的。』

想像著女孩穿夜校制服的模樣，粉嫩的臉頰，藏著捉狎的笑，半透明的白襯衫裡，隱然可現蕾絲鑲滾著渾圓的肉體，李剛的油門踩得更快了。

一群群女學生如群蝶亂舞飛出校門，在夜裡迸放出原野春風的美麗畫面，李剛看得傻了，一張張粉嫩的小臉，令人垂涎。

此時，一個身材嬌小、背著畫架的長髮女孩冷不防的拉開駕駛座後門，大膽的坐了進來。

『嗨！我是EVA！』

李剛被她突如其來的舉動嚇了一大跳，勉強擠出一點笑。

EVA靜靜坐在駕駛座後方，微笑著不說話。過了兩個紅綠燈，她把側臉靠在窗上，呼著氣，手指畫圈圈。

李剛從照後鏡中看不到她的臉，但是光憑想像就快要把他磨得起火，再也耐不住內心的焦急。李剛不知女孩來歷，在網上相約見面，留了手機號碼，如此而已。陌生女孩，像火柴，足以燎原。

『下一個街角左轉，我們去香格里拉汽車旅館吧。』女孩大方的指點方向。

『……好。』李剛的右耳聽到這句指令，隨即往右腳傳遞，但過程似乎遇上什麼阻礙，右腳始終找不到油門，而比較靠近右耳的右手，又失控的猛往右轉。下一個街口左轉……要左轉。李剛眼前突然出現那棟英式花園洋房，大門裡走出一個小女孩，詭異的笑著，全身赤裸。她的臉，好陌生，好模糊。

十字路口衝出一輛機車，李剛緊急煞車。

EVA噗嗤笑了出來。她把身子前傾，整個人環抱住駕駛座，兩隻手臂搭在李剛胸前，小臉則往李剛的頸子上貼去。

『喂！你怎麼啦？科技新貴？……這麼好的車我還是第一次坐呢！……開快點

嘛！』EVA頑皮的想抓方向盤，李剛順勢一把將她拉到前座，車就斜停在路邊，一顆巨大的欒樹下，紅黃相間的花朵，吻如雨下。

李剛緊緊環抱住EVA，一手急忙把她的白襯衫從軍訓裙裡掀起，另一手則從背後向上尋找內衣環扣。

『嘿！你太急了吧……說好到香格里拉的啊！……而且你弄痛我了！』

李剛不讓EVA說完，早已熟練的扯下粉紫色蕾絲內衣，在黑夜裡，有如兩瓣蝶翼捧在手心，透出奇異的光線。

EVA的身體有著未成年的乳香，小小的乳頭如紅豆般晶亮，胸形則像兩只蒸籠裡的饅頭，白嫩嫩，冒著熱氣。EVA坐在李剛的大腿上，一面幫李剛鬆開長褲拉鍊，握在手心裡，那蠢動的傢伙，一溜煙，就滑進EVA的身體。欣喜的驚嘆，在兩人之間形成旋窩，如此陌生的親密接觸，在最短的時間裡，直透內心底層。毫無保留的，以一種沒有明天的狂放姿態做愛。

『……哥！』身處雲霧之間的李剛，彷彿聽見一聲微弱的呼喚。

『熟女俱樂部』裡，沒有蝶的影蹤。像一場夢一樣，短暫的神會。李剛甚至無法肯定，那片斷記憶是否真實存在。

不同的陌生女孩，不同的星期五夜晚，輪番坐在李剛的大腿上，總在高潮時，他可以感覺到柔柔的存在。而這個世界上，畢竟沒有柔柔了。或者是，柔柔的世界，沒有了自己？

長著一雙鳳眼的黃狗小鳳，不是生來就跛腳的。

李老伯，也有他的大時代和輝煌過去。只是，沒有人會在意。

傍晚，李老伯提著垃圾站在街角等垃圾車，小鳳跛著前腳，一路蹦跳緊跟。姓劉的婦人抱著孫子挨過來說了幾句閒話，被李老伯呸了一聲。劉太太自討沒趣，甩著一對下垂的大奶，往家門走去。

丟垃圾是一天之中神聖大事，要趕上時間、分類正確、且絕不能落地，否則會召來白眼。但提著沈重的垃圾袋，走到三百公尺外的街角，對上了年紀的李老伯來說，是勉強了些。特別是這些年李老伯腿疾復發，有時候聽見垃圾車的聲音近了，就是來不及趕上，只得再臭著臉把垃圾拎回家。

『喂……我是李永常。』李家電話響起，不知是不是佈滿灰塵的關係，聲音矇矇的，不清亮。

『還要錢？上個月我剛匯過去給你十萬啊！』大陸上老家姪兒，一直接受李老伯的救濟，這回說是要討媳婦。

『我自己兒子也沒討媳婦，總得留些錢吧，你就省點花吧，我也不是大富大貴，再兩年，我走了，也顧不了你們。』李老伯掛了電話。小鳳抬著臉，緩慢的搖著尾巴，李老伯手中一塊魯蛋，塞進小鳳嘴裡。

李老伯的過去左鄰右舍並不清楚，早年隨政府來台時，李老伯被派在香港，從事諜報工作，後來出了事，身份曝光，政府派人把他營救回台，那年李老伯才四十多，但因為特殊背景，在同袍好友都返鄉探親的年代，他卻一步也離不得。於是就落地生根，在台灣透過介紹，討了個相差二十幾歲的媳婦，生下李剛沒幾年，就離家出走，只留父子倆相依為命。

某些特別的日子裡，不是過年也不是初一十五，李老伯天沒亮就起身，梳洗裝扮，把幾根殘留的灰髮，用油抹整齊。然後到雜貨舖裡，買上一大捆紙錢，一個人拎到屋後空地上燒，三四碗白飯就放在地上。李老伯嘴裡喃喃念著，似乎是一些戰友的名字。

天色剛亮，李老伯的身影在火堆旁，有如骷髏，那些曾經出生入死、把酒言歡的長官兄弟，如今都歸塵土，李老伯低著頭，紙錢一把一把的燒，煙霧襲上青草地，把露水融化，都堆進李老伯的眼裡。

小鳳歪著頭，懶洋洋的臥在家門口，雖然個子小，又跛著腿，但看家的本事可不馬虎。平常見過的郵差或送報生，小鳳頭也不抬，若是換了生人，小鳳二話不說，就往那人腿上侍候。

『李老伯！管好你的黃狗！他咬傷我家客人啦！這下你要怎麼賠？』鄰居張太太拉高分貝，站在李家外吼著。

『狗咬人很正常！又沒咬死人！誰知道那人是不是小偷！』李老伯手持掃帚，不客氣的回話。大風一起，九重葛穿天高的樹枝揮來舞去，有如刀劍。

『這麼有本事怎麼不去打共匪？專欺負女人家！難怪老婆跑了！養狗也不挑，養個三條腿的！』張太太嚷著，左鄰右舍也探出頭觀戰。

『女人有什麼用！都滾！還不如狗！』李老伯嗓門大，小鳳更是一付狗仗人勢，跟著吠叫起來。

社區裡鄰居們都幾十年交情，這場面不算什麼嚴重，就算吵了架，隔天大家還是得見面，得理的、理虧的，沒人會認錯，但總能神色自若。

生在這兒長在這兒的李剛，算是社區裡的疏離分子。同年齡層的孩子長大都離家工作，只剩他留在老父身邊，幾次作媒不成功，鄰居太太們閒言閒語，日子久了，大家就當他是透明人，任其自滅。

李老伯年紀大，睡得淺。每回李剛深夜下班後，他就到後院提著桶，往停車場走去，趁著夜色，把兒子的車，擦得晶亮。

『爸……你不要動我的車，那樣擦車會傷了烤漆，而且半夜裡你出門吹風，受涼了怎麼辦？』隔天早上，李剛並不領情。

李老伯只當沒聽見，依然故我，每天早上還是裝戴整齊的，坐在大門口，吃著魯蛋配高粱酒，自己一口，小鳳一口。

愛你的罪惡，讓我置身地獄。
不能愛你的罪惡，讓我如履薄冰。
也許，當這一切都消失後，我才能獲得平靜。

『熟女俱樂部』小粉蝶登入。

『嘿……我等了妳好久……』暱稱1970的李剛，手指狂發汗。

『是喔……，你是男是女？』

『……』李剛遲疑了一會。

『男，高178，35歲。』李剛試探性的寫道。

『想我嗎？長長的夜，我可以為你做任何事……像你所想的那樣……。』

對方給了十個字的電話號碼，李剛則承諾五位數字的報酬。為了見蝶一面。也許是蝶，誰知道？網路上只有代號，是不是只能碰運氣。

李剛在約定時間的前一個小時離開公司，高速公路上車陣成龍，突然又下起傾盆大雨。他想著紅豆饅頭般的小可人EVA，用溫軟的舌尖含著自己右手食指，下半身不禁蠢動了起來。

海風拂來，柔柔站在沙灘上笑著，用手指著遠方的船。李剛曾經承諾長大後要帶柔柔去海的外面玩，錯過了承諾，整個世界都翻轉過來，裡頭的和外頭的人走散了，

彼此再也認不出對方。

海水拍打著柔柔的腳，傷口剛痊癒的柔柔，不顧李剛喊叫，自顧自的往深水處走去，白色小洋裝裙襬，隨海水漂浮起來，像朵小水母，閃著奇異的彩光。李剛大驚，想上前追，腳卻陷進沙裡，動彈不得。

動彈不得，在車陣裡的李剛感到頭昏眼花，時速逐漸減緩，停留在零。

前面塞車，李剛額頭上猛冒汗，小EVA擺動水蛇腰、喘息呻吟的模樣，佔據了方向盤。雖然他試圖揮去眼前幻影，但EVA卻已整個人陷入李剛胸腔中。『……啊！……』李剛忍不住大吼一聲，伸手自慰起來，胸膛裡的女影，似乎並不想放過他。

夜更黑了，柔柔淹沒在冰冷的海水裡，李剛不顧一切，縱身入海，在一塊巨大的珊瑚岩石上，看見柔柔端坐著，細細的髮絲，順著水流往上飄，有如人魚夢境。

『柔柔……，妳在哪裡？……回來……！』

海邊的小花園裡，百合盛開，成群的蜂蝶在花陣裡飛舞。柔柔游上了岸，往花園跑去，如鈴的笑聲把蝶引來，駐停在柔柔的髮上、手指上、眼睫毛上……。李剛一伸手，蝶和柔柔，都崩碎了。

四線道高速公路，往北延伸，像一條何。帶著李剛往前行。盡頭似乎是一道瀑布，車流加速，陷入旋窩，突然之間，水光四濺，李剛和後方七八台車，全都飛墜入河，在冰涼的夜河中，燃起巨大火花。

『柔柔……，我想帶妳到海的外面玩。我想到妳的世界去……。』

世界有許多缺口，有人從這裡進來，有人從哪兒出去。

進進出出，都在找尋自以為是的世界。

『鈴……』李家電話響起。小鳳豎直耳朵，李老伯手中的高粱酒，無聲摔落地面。

意外發生後，街坊鄰居都前來關心，幫忙料理李剛的後事。姓劉的寡婦，也就登堂入室招呼起來，好事者閒言閒語：『還不是貪圖那一點遺產……兒子沒了，不給她給誰？』

白髮人送黑髮人，加上李剛沒有兄弟姊妹，因此喪禮辦得極為簡單。那天，李剛的舅舅帶著一個女孩，專程從日本趕回來參加喪禮。

『姊夫，您保重身體。』李剛的舅舅這些年都在日本做生意，自從和舅媽離婚後，不曾回台。

『……』李老伯在靈堂外低頭不語。

『姑丈！』穿著純白洋裝的年輕女子，一臉素淨，短短的髮，順在耳後。

『……柔柔啊，妳長大了。』李老伯說。柔柔點頭，眼淚順勢流下。

『她早些年跟著媽媽到加拿大，吃了不少苦，鬧過幾次自殺，住進療養院。……她繼父……那禽獸！……算了，那些事不提了。姊夫啊，您要節哀，有什麼需要幫忙的，儘管說吧。』李剛的舅舅從口袋裡掏出手帕跟著拭淚。

靈堂裡，李剛的同事成群結隊前來致哀，公司送來的輓聯花籃上，『痛失英才』四個大字，飽含著墨，就要迸出一滴黑色的淚珠。

柔柔走進靈堂後方，望著沈睡在棺木裡的李剛。

『以前我不說話，現在，輪到你不說話了。』

『我改過來了，多說話有好處的。』

『這些年我好痛苦……好想你……但是媽媽不准我回台灣，她說我不能再見你。』

『你知道為什麼嗎？』

『因為她忌妒我們。……』

『現在說這些都太晚了。你安心的走吧。我會替妳照顧姑丈的。』柔柔再回頭望了一眼，忍不住又哭一場。

如果不能幸福，就只好選擇遺忘。

如果真的忘了，也是一種幸福。

小鳳著實瘦了一圈，之前被車壓傷的右前腳，傷口化了膿，招來許多蒼蠅。

李老伯拿著饅頭，坐在落花繽紛的九重葛下，身上的汗衫前後穿反了，白的泛黃，黃的發黑，沒一件衣服乾淨。

這一夜，李老伯喝著酒，到廚房裡拿菜刀，把小鳳召來腳邊，左手抓住小鳳化膿的傷腿，拿刀的右手急砍直下……。小鳳掙脫不了，慘叫一聲，驚動左鄰右舍。姓劉的太太推門進來一瞧，小鳳倒在地上，血泊成河。那條化膿的傷腿，給硬生生砍了下來。

『這點傷，死不了。給車撞怎麼會死呢？來……，我給你開刀治治……』說著李老伯又準備揮刀，被後面跟來的張伯伯王伯伯給搶下。

『老李！你幹什麼你！』

姓劉的婦人掩著面，逃回家去。剩下三個老男人拉拉扯扯。

李老伯的老人癡呆症，在極短的時間內惡化，已經到了誰也認不得的地步。

柔柔回日本處理一些雜事之後，再返回台灣。卻發現還算硬朗的姑丈，竟然一夕之間，像個廢人。

她答應過李剛照料姑丈的。如今卻也沒別的法子，只好將李老伯安置到醫療養老機構。退休老本那幾百萬，足以讓他最後的日子，過得安穩妥適。

槭樹葉將落盡，立冬時節。安養機構的救護車，一大早就到李家，準備把李老伯接走。柔柔則是在屋內幫忙收拾行李，安排李老伯上車。

『姑丈，您好好養身體，先送你去醫院檢查檢查，喔？』

李老伯沒有回應。

在醫護人員攙扶之下，李老伯坐上輪椅，被推上救護車。柔柔則登上前座，隨車送行。

車子，緩緩的駛出社區大門，落葉隨風而起，又隨風而落。

柔柔從車子的照後鏡裡，突然看見一條跛腳黃狗，從九重葛樹叢下急衝出來，發狂似的追著救護車。少了一條腿的小鳳，傷口還滲著血，身體因無法保持平衡，跑了三兩步，就摔個大跟斗。

『小姐，那是你們養的狗嗎？』救護車司機減慢速度，開口問柔柔。

柔柔回頭看著李老伯，想詢問答案。但李老伯喃喃念著，直說：『王大軍、孫漢卿、章河東……，好兄弟！我給你們燒紙錢來啦。』一面唸著，李老伯一面掏出褲袋裡的新台幣，往車窗外扔。

『看來，應該不是吧。』柔柔說。

車子過了三個街口，黃狗的蹤影，終於不見。

情人節禮物

搞婚外情的有錢帥哥牙醫
並沒有犯錯
那只是全天下男人都會做的事
錯的是我
誤以為婚姻可以綁住男人
所以我選擇分手
但要分得按部就班
分得清楚漂亮
分得不掉眼淚
分得穩賺不賠
所有的損失
都是他應得的

二月十四號，天氣晴。氣溫十八度。我猜想。

我是May，一名不想再為人妻的女子。旁邊睡著的是Leo，我的丈夫，有錢又英俊的知名牙醫。

按照我的計劃，二月十四號那天，是我們分手的日子，但我希望一切在我的規劃下進行，Leo會是最後一個知道的人。在這之前，我得謹慎行事。

以下是我的本月計劃內容。

一月十四號。早上七點，鬧鈴如喪鐘般響起。Leo翻身想賴床，他用腳趾頭試探我是否醒來，我一如往常熱情的回應，我們做愛。

七點二十分，Leo起床後，到陽台上抽煙，我則開始煮咖啡，讓南美的醇香咖啡氣味，佔滿我們即將腐臭的溫馨家庭。

七點五十分，吃完早餐，Leo出門上班。我向公司請假一天，出門到銀行，把家裡所有存款轉到我的戶頭。並到仲介公司委託賣屋。結婚時堅持房子登記在我名下是正確的，金錢才能保障女人，男人不能。

一月十六號，向公司遞出辭呈。理由是移民。

一月十七號，打電話給徵信公司，派人二十四小時盯緊Leo偷拍錄音約會情況，並且繪製他的婚外情女友住處分佈圖。詳列通訊錄。Leo的女友不少，大半是他的女病人。

一月二十七號，徵信社回報，所需情資一應俱全。

一月二十九號，約八卦周刊的記者朋友吃飯。

二月一號，仲介公司約好多組客戶，同時來看屋。

二月二號，出價最高者成交。我們的新房子是搶手地段，開出市價一半的價格，很容易脫手。

二月九號，周刊朋友將印刷底稿傳真來，我親自校稿，並提供Leo私密照片。

二月十號，訂妥紐約機票。大學同學Ben會安排我的住處。

二月十一號，辦妥交屋事宜。

二月十二號，和Leo共渡告別晚餐。

二月十三號，搬家公司會來搬走我個人的行李，並送回娘家。

二月十四號早上，Leo出門上班，我搭車赴機場。便利商店裡，陳列著新上市的周刊，Leo會在診所櫃台上看到。當他試圖打電話給我時，我已上飛機。

親愛的，這是我送你的情人節禮物。往後，你可以盡情的搞外遇了，因為我不在了，而我此刻，也要開始享受，你曾有過的消遙。

好了。計劃如上。但時間還有一個月，日子還是要過下去。今天，一月十四號。

一月十四號，天啊，我的頭好痛。昨晚Eva太棒了。我喜歡她的小屁股，坐在我大腿上。她不像May，總要求我戴保險套。Eva身材真的很完美，只是她的嘴裡，戴著我幫她裝上的牙套。有那麼一點稚氣。還有，口交時，感覺不賴。

今天的門診滿檔。我必須從早工作到深夜。嗯，希望Eva會來等我。

May似乎醒了，她的小腿很柔軟，而我的傢伙，硬起來了。

『……Leo，我夢見你騎著單車。』May的口氣像卡布奇諾上的奶泡。

『是嗎，然後呢？』我翻身壓住嬌小的May。結婚一年來，我們的性生活還不錯，但對我來說，這並不夠。

『然後啊，我就醒啦。』May半夢半醒的微笑著，似乎隱藏著一些秘密。那讓我非常興奮。

除了Eva，還有小宇等等，我生命中的一百個女人吶，我深愛著妳們。

在幻想著Eva的臉蛋同時，我射精在May的身體裡。

我當然也會有罪惡感。但罪惡和歡愉是一體兩面。我有自知之明。這一生，必須和女人們糾葛。那是我的宿命。

Leo出門了。我得趕緊去沖澡。他竟然沒戴保險套。我恨他，把別的女人的體液帶進我們的屋子。

接下來，我得按照計劃進行。

梳洗完畢，先到銀行辦事。我掌管家裡收支，所有存摺印鑑都在我這裡，該是他付出代價的時候了。一個外遇付一百萬，嗯，我可以帶走他一千萬。別怪我太狠，這對你來說，是個小數字吧。想想我這一年來受的委屈，你早出晚歸，夜宿汽車旅館，我早就知道。那些女人，一批換過一批，你還真是厲害，忙碌的工作並沒有折損你的戰鬥力，這點我實在佩服。

我沒有生下你的孩子，這是目前為止，我最聰明的決定，否則，我肯定會心軟。

『小姐，妳的轉帳完成了。』銀行行員禮貌的奉上熱茶。我喝了一口，起身離開。

川流不息的女病患，證明了我的魅力。擁有醫生專業和英俊外貌，這也不是我的錯啊。

『醫生，我的智齒蛀了。』女病患A來過好多次，每次都不肯讓我拔她的智齒，好吧，應她要求，再補一次好啦。雖然那顆智齒，早爛到該拔了。

『妳覺得妳最美的地方是哪裡？』女病患B是我喜歡的那一型。她的襯衫可以再開低一點。

『……我？我最喜歡我的門牙。』B女的新門牙還沒裝上去呢，她那股天真爛漫，真是太可愛了。

『醫生，我不知道怎麼了，最近常覺得牙痛。』女病患C又來了。她堅持要照X

光。在那間狹小的X光室裡，她若有似無的讓我看見，裙底清涼風光，呵，什麼都沒穿。

中午吃飯休息時間，我帶著C女留下的紙條，到XX汽車旅館。她早等在那裡。

一月十六號，我向公司請辭。

『May，妳都考慮好了嗎。到另一個環境生活，不是那麼容易耶。』好友Selena勸我。老闆也很訝異我要離開。

『薪水的事好談，May，妳在這一行也算老手，我們失去妳影響很大啊。』老闆誠懇的說著。

『……嗯，謝謝您如此看重我，但工作多年了，我累了。讓後面的新秀接我的工作吧，沒有人是不能被替代的。』我笑著說。

『沒有人不能被替代，那應該是我的台詞吧。』老闆無奈的接受我的辭呈。

現實生活中，也沒有誰不能被替代，沒有誰一定少不了誰。我和Leo也曾有過山盟海誓，熱戀到死生契闊，才決定結婚的。當時我倆都堅信，只要有愛，沒有克服不了的困難。精神層面滿足了，身體的需求，當然可以被原諒。

我以為，我可以不在乎。但事實上，很難。

『你來啦。』午夜時分，Eva的mini汽車，就停在地下停車場、我的車旁邊。

『坐我的車吧。』我說。

『妳想去哪裡？』我問。

『……』Eva不答。嘟著嘴。

那是忌妒的表情，我看得出，非常挑情。

『你老婆打電話給我耶。』Eva說。

『是嗎，她說些什麼？』

『……沒有。』『我沒答話，掛掉了。』

『妳怎麼知道是她打的？』

『那號碼是你家啊。』Eva眼中有怒火。真可愛。

我吻著Eva的頸子，她作勢掙扎。我將椅背壓低，繼續往下吻。

May知道我有外遇吧！應該是。我不刻意瞞她。這似乎是一種默契。

一月十七號。天氣雨。

『喂，XX徵信嗎？我有事情委託你們幫忙……。』

『是的，要請你們跟蹤我先生，拍一些照片，錄音蒐證。』

『好的，費用的部分我清楚。我可以先匯款。十天之內可以嗎？十天之內我要拿到所有資料，包括那些女人的地址，約會的照片。越詳細越好。』

我從來不想傷害人，但如果別人傷了我，我要加倍償還。我要分手，而且由Leo承擔所有責任。如此而已。

這個社會很奇妙，知名度高的人，也被賦予高道德價值觀。同樣的婚外情事件，每一分一秒都在發生，再平常不過。只是因為，他是名人，這類不倫事件，上了媒體，保證會吸引一大群嗜血的禿鷹。而我，則可以帶著大筆金錢，以受害者的姿態，退出這場戰局。奔向我未知的前程。

『是我。』

『可以上樓嗎。』

小宇的父母不在家，大門應聲而開。

說實話，我不清楚，小宇到底成年了沒。她有一張成熟的臉，卻又穿著稚氣的少女內衣。她不肯透露年紀，只笑著說，今年剛上大學。

我們是在學校認識的。那天，我回到母校參加講座。小宇是可人的學妹。她負責接待我。在實驗室裡，她非常熱情的接待了我。

往後，只要她父母出國渡假。我就會到她家。她做愛時，常緊咬著門牙。那一排閃亮的牙，看起來很幼嫩。她短期內不會成為我的病人。

『等妳要換乳牙時，記得來診所找我喔。』我舔著她的小門牙，像瞻仰著藝術傑作般，幾乎要落下感動的眼淚。

離開小宇家時，似乎有閃光燈亮起，不會吧，市區巷道裡也有測速照相。我以安全速限，開車回家。

May早已睡熟。

一月二十七號。

徵信社交給我的資料，遠超過我的想像。哇，疑似未成年女孩也列名花冊，Leo你是想吃上官司嗎？這下可勁爆了。

我打電話給在八卦周刊上班的朋友Joseph。並且約在兩天後見面。

『你真的要你老公身敗名裂喔。』Joseph笑著點煙。我則喝著咖啡。

『別這樣說，我並不想傷害任何人。但是為了我自己全身而退，我不想等到他和那些女人把我的生活搞得一團亂，我再哭哭啼啼的找律師辦離婚，到時候，我能得到什麼？』

『May，我們是朋友，我當然會幫妳。而且說真的，他是知名的好形象人物，這種八卦正合我們周刊的口味，妳要給我這些資料，我求之不得。我只是希望，妳把一切得失都考慮清楚。』

『嗯，我想清楚了。這些資料你拿去吧。』

『好，照妳所希望的，會在二月十四號那一期出刊。』Joseph又點了一支煙。

二月一號，天氣晴。

今天門診較少，我約了Eva到金山洗溫泉。她似乎心情不佳。一整個下午不說話。

『怎麼了？』我問。

『我是不是你唯一的女朋友？』

『妳怎麼會這麼可愛呢？』這女孩似乎想和我玩真的。

『如果你和你老婆離婚，會和我在一起嗎？』

『Eva，妳為什麼要想這麼多呢？現在我們不是很愉快嗎？』

『愉快？Leo，整件事，只有你一個人愉快，我和你老婆，都痛苦的要死。』Eva

說完，從溫泉浴池裡站起身，用極快的速度穿上衣服，離開飯店房間。我不想追出去，讓她靜一靜也好。

『劉先生劉太太、章小姐、王太太，這位就是屋主。』房屋仲介商帶了三組人馬來看屋。

『你們好，這屋子九成新，共五十坪，還有十坪大的露台可以種花。因為我和老公急著移民搬家，所以想低價盡快賣掉，如果你們看中意，希望明天之前就能決定。』我到廚房倒果汁給看屋的客人，其中，劉先生劉太太把我私下拉到露台上，他們決定買了。希望我馬上簽約。

嗯，沒問題，當天下午，房子的事就解決了。

這棟我和Leo的愛巢，從此要易主了。世間真沒有永遠的事。看著主臥室裡的婚紗照，我不禁難過的掉淚。這是發現Leo外遇以來，我第一次哭。

二月九號。天氣陰。風雨欲來。

『May，妳起床了嗎？打開傳真機吧，我把文章傳給妳看。』Joseph在電話中語氣極神秘。原來，他們的記者，又捕風捉影，找到更多勁爆話題，許多被Leo甩過的女人，都一一跳出來，要大肆指控一番。

傳真機一頁一頁的吐著。

【色狼名醫，性侵上百名女病患！？】

【白袍色魔，女學生慘遭毒手。】

【春色無邊的駭人診所】……哇，這些標題太狠了吧，我只是指控他劈腿搞不倫外遇，並沒有講性侵害喔。Joseph這小子，果然是媒體人，夠毒辣。

事到如今，我也別無選擇，房子賣了，錢也進帳，一切都靜待二月十四號來臨。

二月十號。雨天。

Eva失蹤了。手機關機。我打了電話給大學同學，大家約在某Pub見面。John和Lawrence帶了新女友，還有一群沒見過面的年輕女孩。但是我心情低落。其中一個女孩，一直挨在我身邊，說說笑笑。

『我叫阿May。』女孩說。

『喔，我老婆也叫May呢。』聚會索然無味，這些女孩長得普普，我決定回家。

在家門口停好車，發現Eva的mini也停在附近。

我四下張望，沒有看到Eva。於是上樓。

May來開門。屋裡傳來一陣笑聲。

『你回來啦，今天這麼早。』May說。

岳父岳母，還有May的姊妹們都來了，今天是岳父的生日。May幫我準備了禮物。

我今天拿到機票了。Ben來電告知，住處安排妥當。紐約是個慾望之城，我迫不及待投入異鄉國度，拋開這裡令人不耐煩的一切。

但不知為何，對於自己精心安排的分手計劃，我開始感到恐懼。所謂真愛，原來可以這麼快，消失於無形。我竟然可以對自己親密的愛人，下手如此狠重。我是不是真的愛過Leo啊！

至於Ben，是我大學同學。他在紐約工作，離過婚。有一個小孩。結婚前後，我都和他保持聯絡。他一直很愛我，我知道。

二月十一號。我想休假，暫時喘口氣。May最近的態度很反常，冷靜的可怕，她應該是知道些什麼了吧。

『我們到墾丁渡假好嗎？』對於我提出的邀請，May背對著我搖搖頭。

『不行，我還有工作要忙。』

『別這麼冷淡嘛。我們好久沒有……』我話沒說完。May轉身離開房間。

突然，我很想念小宇。下午打電話給她好了。她應該沒課。

二月十二號。

我花了一整天時間，去做美容SPA。

我想最後一次，以完美無暇的姿態，和Leo共進晚餐。

『是嗎？好啊。我們……很久沒有一起吃飯了。我今天提早下班去接妳吧。』

Leo接到我的電話，語氣顯得驚訝。

夜色微涼，月光如水。餐廳裡，播放著輕柔的鋼琴樂音。

『May，我覺得妳今天特別美。』

『不會吧，我一直是這麼美，只是你很少注意到。』

『別怪我，我工作太忙了。以後我會多陪妳的。好嗎？』

『那倒不必，你可以專心做你想做的事。……就像我們婚前說的，各自有各自的生活空間，那不是你想要的嗎？』

『May，妳想說什麼啊？』

『嗯，我想說的，你不一定想聽。不如告訴我，你想聽什麼吧。』

『……』Leo無語。

音樂聲逐漸激昂，淹沒我們若有似無的對話。

二月十三號，辦妥交屋事宜。

Leo一出門，我通知搬家公司，把我私人的行李先搬回娘家。

我會帶走的，非常簡單，只有我的衣物。我即將開啟的，是一趟長遠的自助旅行。一切都得靠自己了，起點是這個即將不存在的家，終點，則是未知數。

我打開銀行存摺，戶頭裡賣屋的錢已經匯入。劉先生和劉太太將在二月十五號正式搬入。

露台上，是我親手栽培的小花園。它們將一併移交給劉家。所有美好回憶，灰飛煙滅。

今晚將是我和Leo共渡的最後一夜。如果他有回家的話。

凌晨三點。離開小宇的家。我滿腦子混亂。

『你不答應永遠愛我，我就把我們的事告訴爸媽。』

『Leo，我未成年喔。』小宇出示身份證，一付警探掏出警徽，要逮人的作勢。

我想結束這段關係，卻被小宇這女娃娃威脅。這下慘了，我這情場老手，竟然敗在小女孩手裡。

『我當然會永遠愛妳。小宇，別孩子氣。』離開前，我承諾，不會離開她。

這真可笑。外遇不就是建立在肉體關係上嗎，這下我成了被迫害者，不交出愛情，就成了誘姦未成年少女的強暴犯。

我認了。

凌晨四點。Leo進門。室內沈悶的空氣，頓時流通了起來，窗外夜風呼嘯，有點陰森。我在床上輾轉難眠。

唉，都最後一夜了。他還是迷途不歸。

究竟我是敗在哪個環節？讓我的丈夫一再外遇。剛開始，我曾經深深自責，是不是自己出了錯，還是不夠漂亮性感，才抓不住他的心。

但後來我發現，婚姻，永遠沒辦法拘束一個男人。除非，婚姻制度不存在。

正在想著。Leo上床了。他替我蓋好被子，輕輕撫著我的頭髮。似乎有話要說。但我，什麼都不想談了。太晚了，Leo。

早上七點半。該死，鬧鐘忘了調，又睡過頭了。

今天醫院有重要會議，我不能遲到。

May還熟睡著，咦，她的皮膚何時變得這麼光滑？嗯，她還剪了頭髮，看起來好像我們當初認識的模樣，May還是May，她一點都沒有變。今天晚上，我想向她坦白一切。希望我們的婚姻，還有重新開始的機會。

至於神出鬼沒的Eva和未成年的小宇……，明天再說吧。

今天是情人節，我最好忙碌一點。

親愛的Leo，再見了。我躺在床上，聽見他關上大門的聲音，這才起床。

所有的行李都在娘家。我換好衣服，到露台上澆花。

最後一次環顧我們的家。

再見了，這一切。

我承認婚姻失敗，我也有責任。但是，Leo的責任多一些吧。他原來有機會阻止我這麼做的。

搭上計程車回娘家拿行李。我傳了簡訊給Leo：『祝你情人節快樂。願天下有情人，不成眷屬。愛你的老婆留。』我告訴司機，直達機場。

便利商店裡。人來人往。櫃台上堆著新出刊的八卦雜誌。

『踢爆！劈腿名醫，二十名性侵受害者控訴！』我望著雜誌的標題，腦中一片空白。不會吧，我的事情，竟然上了媒體。到底是誰？

走進醫院，女助理們個個神色有異的望著我。接下來，整間醫院被一堆蒼蠅似的記者團團圍住。

我呆坐在候診室沙發上，打開手機，是May傳的簡訊。

是她。

沒錯。

但我外遇，對不起的，只有May一個人，她何苦讓整個社會審判我呢。

我撥打May的手機，想從她口中，得到答案。

她並沒有接電話。

今天身體不太舒服，一向準時的生理期，這個月竟然遲到了。在機場的化妝室裡，我一陣暈眩。該死，忘了吃藥。這個情人節禮物太沈重了吧。該死。

飛機起飛那一刻。我分不清自己是開心還是痛苦。

想著Leo無助的面對媒體及社會的審判，我的心還是糾結成一團。愛和恨，竟在一線之間。

今天晚上，Leo會在哪裡過夜呢？是她、是她、是她、或是她她她……。我一個名字都記不起來，對於那些女人，我心懷同情。因為，最終她們什麼也得不到。Leo不會和她們其中任何一人結婚。而且經過這次教訓，Leo會學著自己管帳，往後他的妻子們，不再有機會變賣他的房地產。所以我還是勝利者。雖然表面上，我是那個令社會大眾同情的可憐太太。

不想這些了。我好累，想先睡一覺。醒來時，我會在慾望之城—紐約。來接機的，會是我大學時期的愛人Ben。

明天身心俱疲的Leo，回到我們的愛巢時，出來應門的，會是劉太太。

泰迪狗

厭倦了在愛情和工作中流浪
到底誰才是真愛
嗅遍冷清的街角和公園
誰是我的最後一位主人
男人　女人和狗
難解的三角習題
誘惑的伊蘭精油
手指上濃重的雪茄香
加上狗狗的口水味
混雜在空氣中
令人窒息
如果能拋棄選擇的念頭
就和直覺
繼續和平相處吧

我愛你啊！為何把我一個人丟在街上？

一輛近乎報廢的藍色小貨車經過公園轉角，一條瘦黃狗被拋出車外，哀的一聲滾進路邊的水溝，小黃狗靈活的跳起來，甩甩身上的水漬，沒有時間舔舐自己後腳的擦傷，只顧著拔腿狂追。

藍色的小貨車，往公園盡頭加速遠離，像個小火柴盒搖搖晃晃，轉彎前猛然煞車，尾燈亮起，火柴點著了，又迅速熄滅。

2002年聖誕夜，台北市東區的行人和商家熱絡無聲的互動著，誰都怕一靜下來，被人認出自己落單，就算沒約會的，也要裝出一付猛看手錶、不耐煩的表情。十三度的低溫下，Leon把大衣領子豎直，靠在銀行現金卡廣告燈箱上，大衣口袋裡，是下午在店裡特別為Karen調製的迷迭香身體按摩精油，Karen有肩頸酸痛的職業病。

深藍厚底玻璃瓶被包裝成一顆綠色樹苗形狀，瓶底，長出了根似的，緊緊抓牢Leon的手心。

在電視台新聞部擔任主管的Karen有著煙火般的脾氣，爆發起來有種炙烈的美麗，但一靠近，非死即傷。

「新聞是不等人的……你這麼愛等，乾脆調去周刊部好了！不要做電視新聞記者！」

「這樣的稿子能用嗎？拿去敵台應徵看看，看人家敢不敢用你！豬頭啊！……快去重發，趕不上頭條明天等著開檢討會！」

在辦公室裡，只要她發怒，工作氣氛就會立即提昇，同事們雖有怨言，但論實力和敬業精神，誰也不能不服她。火爆的Karen，靠著努力和過人膽識，一年來迅速晉升到新聞部編輯主任。不過這樣的忙碌工作性質，讓她幾乎沒有私人時間。在她眼裡，打一場漂亮的新聞仗，那種團隊發揮的努力精神，才值得珍藏。連大學時代最親密的男友Leon也漸行漸遠。

聖誕之約Karen並沒有忘記，只是正巧在兩人約好的聖誕夜晚上十點之前十分鐘，台北街頭發生重大搶案，Karen放下大衣和背包，立即調兵遣將，準備新聞夜戰。桌上的電話響個不停……

Leon是芳療按摩師，擁有一雙柔軟纖細的手，在乾冷的冬季，Leon的手指依然透著屬於夏季草原的光澤……

由於沒有載手錶的習慣，Leon對時間並不敏感。這一夜，緩慢的有如一曲低沈爵士。

深夜街頭排班的計程車有如深秋枯黃的落葉，隨著結束狂歡的人群湧出大樓，漫天起舞。

有些，則只是群聚在對街角落靜默的堆著。

被拋出車外的小黃狗，後腳流著血，一跛一跛的往垃圾堆走去。一隻破掉的絨布泰迪熊，四腳朝天的躺在垃圾上面……。

精準的掌握新聞節奏，又怎樣？如果能多想一下，許多人的命運就會不一樣了！

發生在聖誕夜的銀行金庫搶案，隨即成為全國新聞焦點，六名歹徒侵入金庫時誤觸警鈴，歹徒挾持了值班人員，和警方一直僵持到天亮。

Karen挽起長髮坐鎮在新聞副控室，透過衛星連線，主導這場即時新聞特別節目。搶案現場激情畫面，歹徒向外喊話場景，警方持槍攻堅，搭配著闔家團聚大餐，令人津津有味。

「Karen！準備進現場畫面，我們的記者獨家掌握歹徒之一的身份，也採訪到他的

母親，錄了一段親情喊話，告訴主播，馬上播出！……快！」樓下的經理打了緊急電話到副控室。

鏡頭上出現一位白髮老嫗，用極微弱的顫抖聲音喊著模糊的名字，喊了三四次之後，老婦人的頭越沈越低、閉上眼睛，眼淚流了下來。

「ok！慢動作停在這格畫面！」Karen起身大喊。

「加上片頭音樂襯底！上字幕！倒數五秒進廣告！」Karen扯下耳機，面前六具電話同時響起。

「太好了！最後那個畫面太完美了！賺人熱淚！這種社會新聞就是需要溫情場景！……我看了都要掉淚啦！」

「看著吧，明天收視率報告，一定是我們領先！」工作人員個個歡欣鼓舞。

過了一個小時，接近中午，警方開始強硬攻堅，順利逮捕六名歹徒，銀行值班人員安全獲釋。數十台攝影機鏡頭隨著混亂的現場騷動著，穿越警方封鎖線，誰也不想錯過歹徒臉孔。

延長一夜現場播出的新聞終於結束，Karen起身伸懶腰。

此時，現場傳來有人跳樓自殺的消息，攝影記者們再次騷動起來，往大樓後防火巷移動。

Karen十指交疊，緊咬下唇，低頭不語。螢幕中傳回來的，是老婦人橫死街頭的畫面，逐漸模糊。

電話再度響起，有如血惺的電鉅聲。Karen靜默在原點，思考一片空白。

「喂！Karen，今天的新聞節奏掌握的很好。」導播笑道。

「是啊！……多虧了大家。」Karen回到辦公室，眼淚撲簌掉了出來。

我不會勸你戒煙，因為就是那味道蠱惑著我。我想。

熟悉的煙味混雜著古龍水，從辦公室走道另一頭傳來，帶有極度侵略性的味道。

男人走近時，Karen拭去眼淚，抬頭擠出一個笑，眉宇之間盡是倉皇不定。他粗大的手掌放在Karen肩上，不經意的揉弄著，低頭在Karen耳邊留下一句話。

「我在車上等妳……。」

他是范姜，四十歲的新聞部協理，已婚，也是Karen的頂頭上司。

在公司裡，兩人的關係眾所周知，Karen並不特別介意。當初進公司時，面對范姜的面試，就是從那時開始，Karen中了那煙味的毒。

停車場在地下五樓，電梯從二十樓快速下降的那幾分鐘，Karen感覺到一陣耳鳴，幾乎不能呼吸。或許是一夜沒睡的工作疲累，又或許是那濃烈的煙味正在召喚著她。

黑色的雙B休旅車已發動，引擎低沈的吼著。Karen走近時，車門沒有打開，從貼著深色隔熱紙的窗戶裡也只能看見自己的狼狽。

一上車，范姜把他拽到懷裡，猛然一陣長吻，強勁的手臂力量，扯痛Karen的髮。

「……我累了！」Karen揉著眼睛，把頭偏到范姜的西裝領口，貪婪的享受那傲慢的尼古丁。

黑色休旅車開出停車場，往范姜的住處揚長而去。

范姜的妻子陪小孩在美國唸書，這棟約有一百坪、位在台北市信義計劃區的住處，平常只有范姜一人。Karen一年前就開始進出這棟豪宅，管理員也稱她一聲『范姜太太』。但對於這樣的頭銜，Karen並不喜歡。她不愛頭銜，頭銜是愛情的致命傷。

能這樣迷戀一個男人，讓她覺得，在工作之外，她還是有喜有悲的活著。

豪宅的大門用的是感應式卡片，密碼一刷應聲即開。范姜再也按耐不住一路的慾火，把Karen推向玄關前的白色皮沙發，自己半跪著低頭解開Karen的高跟鞋，順著小腿，褪去絲襪，飢渴的舌尖則找到腳踝邊的銀鍊，往上游移，停留在美麗的膝蓋，Karen全身的細胞剎時全部醒了過來，歡欣尖叫。

范姜抱起Karen跌跌撞撞的一路從客廳吻到廚房吧台，還來不及褪去衣裙，范姜把她反手壓在冰箱門上，伸手到裙底拉開丁字褲，直挺而進。

巨大的痛楚像雷電穿過全身，在毫無反抗能力的一場性愛當中，Karen甘願當弱者，感覺自己就像被鐵管穿腹，烤熟了串在街上賣的全雞，被架在火爐中不自主的旋轉著，賣弄自己令人垂涎的肉體。

淋浴過後，范姜倒在床上沈沈睡去，Karen則穿著范姜的浴衣，站在落地窗前看台北市街景。高聳著的101大樓，有如巨大的陽具，在冷漠的都會街頭，令人不寒而慄。

范姜的睡臉像個孩子，不像他醒時那樣具有侵略性。

Karen頑皮的扯著范姜的鬍渣，直到他勉強掙開眼。

「你喜歡和我做愛嗎？」Karen問。

「別鬧了，先睡一會，晚上還要和老闆開會。」范姜翻過身。

Karen拿起放在床頭的皮夾，問道：「給我錢吧……」

范姜不答。

得不到回應的Karen索性自己打開皮夾，把裡面十多張千元大鈔全倒在床上，信用卡也一張張排列在床上。

「給我錢吧……」Karen又問。仍然得不到回應。

「我不要當你的情婦，那樣的快樂讓我覺得好心虛……。我不是范姜太太，我也不想是。……你給我錢，我當你的妓女。」

「這樣妳會開心點？」范姜不耐的回應。

「嗯。」

「好吧，妳要什麼都可以拿去，我給妳錢，我命令妳睡著。」范姜拉開**Karen**的浴衣。

「……等一下，我自己來……。」

躺在偌大的床上，**Karen**的腳搆不到床邊，沒了煙味，**Karen**睡不著。把玩著剛才從范姜皮夾裡抽出來的千元大鈔，**Karen**先撕去一角，再把鈔票對半撕毀，紙鈔發出像剪刀劃過絲布的聲音，沙沙一響，一文不值。撕完一張接一張，**Karen**笑著坐了起來，把小紙片一張張塞進鬆軟的羽毛枕頭中，才滿意的睡去。

街頭上瀰漫著過節的氣氛，人車來往之間，那條雜毛小黃狗，賊頭賊腦的在大樓後方垃圾收集處，尋找吃剩的便當。在鋼筋叢林中，人和狗都要懂得生存。

傍晚Karen走出范姜住處，寒意侵人，街上的聖誕燈仍然亮著。Karen的手機，慢慢吐出幾句問候的簡訊，來自苦等一夜Leon。

Karen撥了通電話給Leon。

「是我。對不起，臨時有工作走不開。」

「沒關係，我知道。先回家再說吧，晚上我煮飯。」不等Karen回答，Leon掛上電話。

不同的女人有不同的香味，搭配著各類精油，總能透露著不同的心事。活潑的女人很愛靜，冷酷的女人很熱情。

【花鄉】是Leon經營的芳療工作室，因為喜歡精油及各式花卉香草，Leon把全部心力放在這間充滿香氣的屋子。由於Leon擁有專業和溫柔的男性特質，因此深受女性顧客喜愛，甚至有捧著大筆現金，想成為終身會員的富家太太，老愛纏著Leon不放。不過，Karen在他心中佔著崇高地位，不容替代，就像年輕時迷戀上單純的薄荷香，往後再濃烈的依蘭或是玫瑰，都比不上涼中帶辣的香氣，那麼催情。

答應做飯的Leon，在回家路上繞道黃昏市場買了新鮮魚蝦和蛤蜊，準備做拿手的蕃茄海鮮義大利麵。

明明兩人同住在一間屋子，但已經有兩個月時間沒在家裡碰面，更別說一起吃晚飯。Karen並不是真心要任由這段感情冷卻的，說實話，她怕香，並不是那麼愛香精油的味道，也不喜歡吃加了蘿勒的蕃茄義大利麵。交往十年多，這樣的日子，讓她覺得沈悶難當。

好友Luka經常笑Karen不知足。會煮飯又會做家事的男友，現在應該已經絕跡了吧。

「我不喜歡陽台上那些花花草草，總是令我神經緊張，好好澆水，它就嬌豔欲滴，一忘記，它就以死抗議！」Karen曾經這樣抱怨過。

這一頓晚餐拖到消夜時間，平常不愛說話的Leon突然健談了起來。加上兩杯紅酒，更有些興緻昂揚。

「最近社會真不平靜……太扯了，聖誕夜搶金庫，乾脆搶聖誕老人好了！」

「……最近天氣真怪，前兩天還有二十五度，突然又掉到十三度，真受不了，害我那些植物都長不好了。妳知道嗎？花鄉最近都變成冰箱了……嘿嘿。」

冷笑話沒有逗笑Karen，Leon再給自己倒一杯紅酒繼續閒扯。

「妳的衣服好像縮水了，不要再買這個牌子了，下次我帶妳去買，我有一個顧客開精品店，她的衣服品味蠻正，妳應該會喜歡……。」

Leon再倒了一杯紅酒。

Karen準備起身拿搖控器開電視新聞，被Leon一把拉住。

「能不能暫時不要看新聞？」Leon語氣平淡而堅定。

Karen放下搖控器，拿起叉子不耐的捲著麵條，又撥開麵上頭的紫色蘿勒，冷不防朝血紅的鮮蝦精準下刀。

「這一杯敬你！」Karen也舉起酒杯一飲而盡。

一語不發的Leon慢慢把頭靠在Karen胸前，突然雙手緊緊環住Karen的腰，狂亂的唇在Karen頸間、胸前咨意遊走，留下血紅的吻痕。Leon的吻有如海浪，在Karen心中起伏激盪，明明對他的熱情已經退卻，為何在面臨說出分手的當下，身體的感覺卻又背叛了心？

Karen的長捲髮如烏雲散下，貼在Leon汗溼的胸前，兩人不發一語，喘息聲低沈而悲傷。

「肩膀還痛嗎?」Leon問。

Karen遲疑了一會，點點頭。

Leon起身從外套口袋中拿出一個綠色的紙袋。

「這是迷迭香，功效是促進循環和抒解疼痛，試一下？」

Karen沒有反抗，讓Leon的手指頭、指腹、手掌心和虎口，在肩背上順時鐘畫著圈圈，力道由弱轉強，再由強轉弱，不安的手指似乎在顫動著，Leon再也不能保持溫柔和理性。

「Leon……!」

激情之中兩人撞翻了櫃子上的薰香精油燈，大馬士革玫瑰狂野的笑。

Karen輕撫著Leon的髮，不可思議的有如絲緞柔亮，前額瀏海自然的滑落到鼻樑上，隨著呼吸微微飄動。這樣的男人，太有質感了，抱在懷裡覺得壓力大。

「Leon，我想分手……。」Karen低聲自語，Leon翻身假睡。

「我真的不想這樣下去，我不喜歡現在的自己……。這樣繼續下去，我覺得對你並不公平。」

「Leon！……我愛上別人了……，沒辦法再繼續這樣下去了……。你真醉還是假醉？」Leon不願睜開眼睛，恨不得耳朵也能同時關上。

Karen把Leon安頓上床。清洗碗盤後，換裝出門。玄關鏡子裡的Karen，顯得茫然失措。

公寓的門鎖該換了，舊到鎖不起來，也很難打開。吱吱嘎嘎的門板聲，從頂樓貫穿到一樓。

說不出口分手的理由，他的冷靜和溫柔讓我非常害怕，可能是因為理虧吧。

小黃狗被拋棄第二天，隨即成為街頭新霸王，可能因為不是第一次流浪，哪裡有吃的睡的，門路都很熟了，一些年紀較小的、身體殘障的黃花白黑，自然結成一黨，四處營生。

Karen在夜街招了輛計程車，直奔好友Luka的住家。Luka和企業家第二代的婚姻，維持表面關係，兩人一同出席公開場合，但私下各有生活，也不住在一起。因為喜歡山居，Luka選擇住在烏來近郊，有山有水，也能自由的寫作畫畫。

遠遠看見Luka站在街口等著，Karen在車上就哭了起來，付錢給司機時，Karen幾乎說不出話。

「怎麼啦？是妳要甩人耶，哭個什麼勁呢？」兩人好久不見，擁抱著不願分開。

「好啦，別哭，我們先去泡溫泉吧。」Karen還是停不住眼淚。

溫泉具有神奇力量，寒冷的冬夜，浸泡在四十多度的露天風呂，熱烘烘的白煙水氣不斷上昇，模糊當中仍見繁星點點。

「妳真的考慮清楚要分手嗎？」Luka試探的問。

「我說是說了，但Leon喝醉，可能沒聽見……，奇怪，說的時候我一點都不覺得難過，但看他那樣反常冷靜，說說笑笑，反而讓我緊張起來……，我說不出具體要分手的理由，所以很理虧……。」

「不要騙自己了，妳和他在一起快十年，難到還不夠了解？他在逃避問題，而妳，只是被生活和工作磨穿了……，想逃進妳那位范姜先生的懷裡。」

「范姜對我很好，和他在一起，不論是工作或是約會，都是很棒的享受。」Karen笑著說。

「那Leon呢？十年的感情妳打算怎麼結束？」

Karen不語。

「妳不要太小孩子氣，Leon是那麼好的男人……多少人搶著要呢！」說這話時，Karen早就起身躍入另一個冰水池裡，寒夜十度的空氣裡，隨即迸出一陣尖叫伴隨著刻意的大笑。

「Luka，我快冷死了啊！救命啊！」

「冷就別待在冰水池裡！不要和身體唱反調！」

Karen全身的毛孔都縮成一團，額頭上冒出的熱汗，瞬間凝結。

兩個赤裸的女人，浸泡在露天池的月光下，水光濺起映著肌膚，兩人頭挨著頭，靜靜笑著。

誰來帶我回家？我會乖乖的。

吃剩菜雜物唯生的小黃，還是維持著堅強的生命力。街尾好心的小妹妹，偶而買狗食到公園請大家吃，飢腸轆轆的流浪狗，爭相搶食，顧不得基本禮儀。

但因為狗吠擾人，二樓的某位太太報了警，隔天早上捕狗車惡狠狠的出現在街角。

小黃和剛生產的小黑一家人，躲入下水道，靜靜聽著捕狗車的聲音，大家一動也不敢動，一想到同伴們被鐵絲套頸淒厲的哀嚎，心就涼了一半。

在這一場追逐戰中，有六隻狗狗不幸落網，小黃也在下水道口，誤入陷井，上了賊車。

報警的太太站在二樓窗口，大嘴咧開了笑。

一個星期後，Leon已經另外租了房子，準備趁元旦假期搬家。

Karen，我把位置空出來。希望妳過得開心。

還有，要記得吃飯。

長春藤留給妳，它已經攀上鐵窗，應該屬於這個房子的一部份。

保重了。

Leon

Leon選在Karen上班的星期天上午，把私人物品搬走。只是，住在一起太久，許多東西分不出彼此，也充滿回憶。照片也是一大問題，大部分，都是合照，學生時代的居多。照片裡，兩人笑得天真。

做出這樣的決定，是不想讓Karen為難，這一次要分手，就分得安安靜靜吧。

離開前，Leon再為長春藤澆了一次水。

星期天早晨，是流浪狗中心的認養日。義工們把健康的狗狗先挑出來，逐一洗過澡，打過預防針後，準備帶到花市的認養攤位，希望為這些狗狗尋得最後生機，讓它們再度擁有被新主人疼愛的機會。

假日花市人潮洶湧，許多家庭全員出動，左手一盆杜鵑，右手一株玫瑰，還有人把車暫停在車道上，掀起後車廂，恨不得一口氣把整個花市都搬回家。

在人聲鼎沸中，剛下班的Karen答應陪Luka來買牽牛花種子。Karen懶得看花草，待在花市門口等著，流浪狗認養攤位吸引她的目光。

一個小女孩大聲的哭鬧，要求爸爸讓她養狗，女孩緊抱著一隻雜毛黃狗不肯放。

「乖，妹妹，我們家太小，不能養寵物，而且媽媽會不高興喔。」爸爸百般勸說。小女孩還是哽咽著，不忍放下懷裡的小黃狗。

「那我想要狗狗當生日禮物！」

「乖嘛！我答應買泰迪熊給妳了啊，和爸爸一樣高的，好不好？」

「這位爸爸，小孩子喜歡動物很好啊，而且養狗可以看家、又能培養小孩耐心和愛心，比假的玩具熊好多了啦！」

「而且，這隻小黃狗的期限就到今天耶，如果沒人認養，明天就要被安樂死了。」義工阿姨開始加強語氣。

「但是我們真的沒辦法養啦！小孩一時興起，到時候收爛攤子還是我們！」爸爸連拖帶哄把女兒拉走。小黃狗又被塞回籠子。

Karen看著籠裡的小黃狗，垂頭喪氣，一臉無辜，忍不住上前問：「認養需要什麼手續？」

就這樣，Karen成為雜毛小黃的新主人，並且決定叫他“泰迪”。黃狗的模樣，還真像被棄置在床底的褪色泰迪熊。

Karen牽著小泰迪站在花市門口，泰迪抬頭看著新主人，興奮的搖著尾巴。嶄新的牽繩閃閃發亮，小泰迪把耳朵也豎直了。

「怎麼回事？你最好給我一個合理的解釋？」Luka提高語調。

「我剛才認養的兒子，我決定養狗了。」

「你有什麼條件養狗啊，請問這位小姐一天工作幾小時？還有你知道養狗該做些什麼事嗎？還有……Karen，我記得你對狗毛過敏啊！」

Karen露出無所謂的笑容，雜毛泰迪則是嗅嗅Luka的手心，並報以友善的表情。

香味不見了，我鬆了一口氣。放心呼吸。

回到公寓裡，靜悄無聲。那盞紫色薰衣草花布檯燈，不在。客廳變寬，充滿香味的書櫃和香精油全都消失了。室內的顏色變單一，屋裡所有的花花草草移了民，這裡綠州變沙漠。

雙人床上，留下一張紙條。

Leon離開，又來了泰迪。走了一個有香味的男人，闖入一條有臭味的小狗。

想要一個人生活的美夢，又被Karen自己的一時衝動打敗。小泰迪剛到新環境，機警的到處巡視著，一溜煙跑到陽台上，東聞聞西蹭蹭，差點弄翻那盆長春藤。

正當Karen正低頭讀著留言時，泰迪不慌不忙，在客廳正中央地毯上，抬腿尿了起來。

Karen買了養狗手冊，開始學著當個狗媽媽。但一切的紙上談兵，還是不足以應付這隻小惡魔，泰迪什麼都吃！隨地可便！精力過人！簡直要把Karen搞瘋。加上工作時間長，不得不把狗獨自留在家裡。為了怕泰迪無聊，Karen整天開著電視的動物星球頻道。

凌晨一點多下班，顧不得和同事吃宵夜，Karen攔了計程車就直奔回家，帶泰迪去公園散步。

Karen在公園裡打電話給范姜，應答的是個女人，他的妻子回來了。

公園裡靜悄悄，Karen掛掉手機，低頭解開牽繩，讓泰迪自由的奔跑。可能是因為剛結束流浪生涯，泰迪還是情不自禁的翻攪著垃圾堆。同時也會機警的回頭查看Karen是否還在原地。

泰迪沒有安全感，只要Karen一走開，就會緊張的四處尋找。

能給另一個生命安全感，這種感覺前所未有，泰迪看著Karen的眼神，是全然的信任。狗狗是那麼無邪，那麼純粹的愛著主人，那種不挑剔的隨遇而安，真的很貼心。就算Karen工作再忙，日子過得再混亂，下班回到家裡，泰迪還是那樣專注的仰著傻傻的狗臉，偶而歪著頭，若有所思。

「我覺得你不適合和男人相處，就這樣一輩子和狗相依為命好啦！」Luka帶著狗食來訪。

泰迪乖乖的窩在地毯上，把沙發讓給客人。米白色的沙發，已經給泰迪滾成土黃色。隨處可見長長短短的雜毛飛舞。

「你聽說Leon的事了嗎？」

「他把店收起來了，好像準備搬回花蓮老家。」Luka說著。

橙黃色的果汁順勢流入杯中，Karen相當精準的保持手的平衡。

「他是個懂生活的人，到哪裡都能怡然自得。」Luka說。

泰迪睡著了。又把別人的腳當成枕頭。

我該做些什麼？讓你相信我只是單純的愛著你？或許，我該什麼都不做吧。

范姜的妻子回來台灣的三個星期，他沒有來過一通電話，就算在公司遇到，也只是點頭問候。Karen每天清晨換上褐灰色慢跑運動服，帶著泰迪到范姜住處對面的公園跑步，只為了看著他的車開出停車場。在街角煞車燈亮起，再隨即熄滅、消失不見的景象。不能靠近范姜，就像犯了煙癮卻無煙可抽，泰迪不懂Karen心情，只顧著開心的和其它狗主人社交。熱鬧的清晨公園充滿健康氣息，Karen卻像瀕臨窒息般，臉色慘白。

三個星期終於結束。

「恭禧妳啊Karen！升官啦！別忘了請客！」同事們紛紛起哄。剛走進辦公室的Karen一頭霧水。

「什麼啊？你們說誰升官？」

「大廳公佈欄上，妳沒看見新貼的人事部門通告嗎？妳升新聞部經理啦。」

驚怒不已的Karen快步走向公佈欄，一把撕下人事通告，往范姜辦公室走去……。

「這是什麼意思？」Karen把公文丟下。

范姜起身關上辦公室的玻璃門。試圖安撫Karen。

「我不必靠你往上爬！范姜浩！這算什麼？補償嗎？還是禮物？不要拿我的工作開玩笑！」Karen拉高語調。

范姜靜默不語。撿起被丟在地上的公文。

「走吧！我們到外面去談。」隨著兩人離開辦公室，耳語像塵沙掀起。

「那份人事案不是我簽的，你看清楚一點。」雙手握著方向盤的范姜緩緩說著。

「如果你是那種想靠我往上爬的女人，我也不會喜歡妳。」

「那我該謝謝你囉！感謝您對我的賞識！我會好好報答你的！不如現在就去你家吧！你太太不是回美國去了嗎！不必再躲著我了吧！」Karen越說越激動，把人事公文揉成一團，緊緊握在汗溼的手心。

范姜把車停在Karen家樓下。

「到妳家坐坐行嗎？我想看看妳養的那條狗。……妳們在公園裡跑步，我都看見了。」

Karen破涕為笑，難為情的把頭埋進范姜的胸前，非常用力的深呼吸一口，久違了的尼古丁。

我都三十歲了，知道自己在做什麼。

Karen繼續在新聞職場上努力和陷入不倫之戀的同時，Leon已經回到美麗的故鄉花蓮，經營屬於自己的家族園藝事業。打造一座理想中的花園，是他長久以來的夢想。

某一天上班途中，Karen經過Leon以前的工作室，店門上『出售』牌子還孤零冷的掛著。前院裡早春的百里香，密密覆蓋住小樹的根部，由於乏人照顧，紫色的小花恣意生長，亂了分寸。行道樹上還掛著Leon親手打造的木製小鳥巢，圍籬上穿著圍裙的少男少女圖樣，那是出自Leon手繪。不規則形狀的木板上，"WELLCOME"的字樣失去光彩，字跡模糊。那段學生時期的純純愛戀，如今怎麼也拚湊不起來完整的面貌。

早春的寒冷更勝冬天，重感冒中的Karen在家裡躺了三天還無法下床。正巧范姜又被調派到北美出差，幾個月之後才能回來。Karen只能靠著e-mail得知范姜的訊息，同時靠著Luka的細心照顧和泰迪的陪伴，渡過生病的日子。

「別再逞強了！妳要先把身體顧好，才有能力去拼工作，才能照顧好泰迪，不是嗎？想著范姜也沒有用，他不是會陪妳一輩子的人，這點妳應該比我更清楚。……」Luka忍不住叨念起來。

「只是小感冒嘛！」Karen把羽絨被矇住頭，又劇烈的咳了起來。

感冒拖了十多天才好，Luka說服Karen到醫院做了全身健康檢查。

結果，令人不意外。

Karen由於長期飲食不正常，工作壓力過大，各項健康指數都呈紅字，以三十歲的年齡來看，算是極差的。另外，醫師也順便告知少根筋的Karen，已經懷孕兩個月的消息。

Luka接到消息，第一時間趕來。

Karen正在上網搜尋孕婦需知等訊息，狀似輕鬆的臨時抱佛腳。

「我要當媽了！真的要當媽了！難怪我最近吃東西都一直想吐……」

「Luka你不開心嗎？你要當阿姨了……」Luka雙手交疊胸前，不發一語。

「妳打算怎麼辦？」

「……我自己做的事自己負責…我都三十歲了，是不會去拿掉的！更何況我有養狗經驗啊……頂多就是加上要包尿片嘛！……我可以找個保姆，下班後再接回來自己帶。假日的時候我們就開著車帶著狗和小孩，去海邊玩啊。」視線不肯離開電腦的Karen，用虛弱的語調描繪著快樂的願景。

「妳不打算告訴范姜嗎？畢竟他是小孩的爸爸，對吧？」

「我可不確定……」

「別說傻話了！妳和誰交往過我一清二楚。」

「他到底什麼時候才會回台北？你們要談一談吧！」

「我不想破壞他的生活，這個孩子，我打算自己養。」Karen離開電腦鍵盤，雙手往後一攤，對於往後的日子，心中似乎已有定見。

想去探望分手的戀人，多半不懷好意，但我只是想去看看他的花園，是否茂盛。

為了放鬆心情，Karen決定休假到花蓮玩。

花蓮的天空和海洋，熱情的召喚著遊人。東海岸綿延不絕的美景一幕幕往後飛過，泰迪坐在後座，毛絨絨的狗頭放在Karen肩上，呼呼的海風，把泰迪的兩隻大耳朵向後吹翻。

到了市中心。Karen打電話給Leon。打算來拜訪他打造中的夢想花園，以一種多年好友的身份。

延著東海岸線向南行駛，繞過一個小山頭，到達Leon的『夢田』。一望無際的金針花海，被海洋環抱著。春天的陽光溫柔而炙烈。樹林偶而一陣風，送來各式各樣的花香味。

「嗨！你就是取代我位置的那條狗嗎？」Leon彎身撫摸泰迪，泰迪則一見如故般的撲到Leon身上，誇張親熱狀，Karen也覺得意外。

「這是我去年底認養的小狗，叫做泰迪。」Karen一見面就淘淘不絕的說著養泰迪之後的種種趣事。說到開心處，眼神都在發亮，這是Leon從未見過的Karen。

「我這裡整理的差不多了，具有花園的初步規模，但是搞園藝很花錢，我下個月可能要開始接一些設計案子來做，否則無法支撐下去了。」Leon說話的樣子還是那麼溫柔，額前的柔軟瀏海，禁不起海風一吹，覆蓋住他迷濛的眼神。

「妳好像胖了點……有按時吃飯吧？」

Karen笑而不答。

兩人聊天的同時，泰迪像野放的山豬，在偌大的草原上撒腿狂奔，把松鼠家族們嚇得一哄而散。和鄰居的黑狗來福、花狗乖乖也馬上結為莫逆之交，三條狗結伙衝入山林裡，不見蹤影。

Leon煮了咖啡，兩人靜靜坐在前院的木製長椅上，對視而笑。人字型的小木屋，座落在院裡的另一端。純白法國菊環繞著整個屋子。

「你真有辦法！我想像中的畫面是你一手拿著鏟子，一手握著花種，雜草蔓生，你困坐其中呢……」

「我答應父親好好整裡這片土地，總不能讓老人家失望。」

「你還是和以前一樣……從來沒有改變過。」Karen望向遠方的海洋。

「妳身體還好嗎？臉色好像很差？」Leon問。

「沒什麼啦，最近工作太累，好久沒放長假。」

「妳如果不介意，可以來我這裡渡假，住多久都沒關係。就當成住民宿好了。泰迪一定也會很開心的，住在我們花東山上的狗狗是最幸福的。」

「人也是啊……」Karen笑著說。

Leon站起身走回屋裡拿奶精和糖。

「總覺得……少了些什麼。住在這裡能愉快的實現夢想，當一個腳踏實地的園藝家，但偶而……」Leon把奶精加入咖啡，乳白色的汁液，融入咖啡旋渦，逐漸散開，再融合。

「沒什麼……，喝咖啡吧。」Leon有點尷尬的笑，Karen不語。

狗和主人會永遠真心的相愛。當他失蹤時，那種痛苦，就是證明。

泰迪沒有回來。

夜裡的山區沒有街燈，很快就陷入一片黑暗。過了八點還不見泰迪。Karen擔心起來。

Leon帶著手電筒，到鄰居家查看他們的狗是否在家，結果只見黑狗來福畏縮的躲在院裡。

「來福！乖乖呢？泰迪呢？你怎麼一個人回來？」來福似乎聽懂Leon的責備，頭更低了。

「帶我去！」Leon拉高分貝。來福被這一喊，直奔出門，往山裡衝去。

過了小溪水源頭，再沿著產業道路走去。路況實在不好。Karen堅持要跟去。只見來福三個轉彎一陣飛躍，停在一顆大石頭旁邊……。

Leon好不容易繞過草叢，用手電筒一照，赫然發現，泰迪落入捕山豬的陷井了。而花狗乖乖，竟然就義氣的守在泰迪身邊。發出哀哀的低鳴聲。

還好只是結繩陷井，沒有傷了狗腿。Karen見狀，大哭起來，一跤跌落草堆裡，Leon順勢把泰迪放開，再回頭拉起Karen，緊擁入懷。

再也不管什麼狗了。Leon低頭吻她。

「小心點！不要讓我跌倒啦！……我……懷孕了耶……！」Karen邊哭著邊大喊，一個站不穩，又摔進Leon懷裡。

Leon被這句話震懾住，一時反應不過來。兩人手牽手小心的走下山，不發一語。

歷劫歸來的泰迪，吃飽飯後倒頭就睡。一點也不擔心過去的和未來的事。四腳朝天的模樣，Karen不禁笑了起來。

「你說懷孕，是真的嗎？」Leon問。

「嗯。……兩個月了。」一陣沈默。

「跟我結婚吧。」**Leon**慢慢吐出這五個字。

Karen眼眶紅著，不知該回些什麼話，才能化解此時的尷尬，於是不自主的端起桌上的茶杯，上唇下唇就這樣抿著杯緣，微微顫抖著。

「嘿……薰衣草茶不能喝……對孕婦不好……」**Leon**把花茶收拾好，到廚房倒了一杯熱牛奶。

「**Leon**，你明明知道孩子不是你的，還說要結婚，為什麼？是可憐我嗎？看我被已婚男人甩了，再像收養流浪狗一樣可憐我嗎？……並不需要！」

「你從以前就是這樣，老是為我想，你怎麼不生氣……怎麼都不抱怨！……我沒辦法和這樣的你在一起！」**Karen**放聲大哭。

「我不知道妳和誰在一起，我也不想知道！對我來說，妳就是一切。幾個月前老天把妳從我的生活中奪走，現在又送了回來，我不會再像上次那樣，平靜的放手！」

「我不需要這樣的答案，我來花蓮找你，不是為了求一個安定生活。」

「安不安定，是看內心吧！問問妳的內心，到底想尋找什麼？」

「我什麼都不想找，我只想好好過生活！」Karen語氣堅定。

「孩子呢？不會破壞妳精心安排的獨身生活嗎？」

「這的確是在我意料之外，但既然發生了，我會承擔下來的。」

「妳就是這個樣子，頑固的令人生氣！但……這正是我愛的妳！」Leon無奈的說著。

呼呼大睡的泰迪醒了過來，走到Karen身邊磨蹭，先舔著自己的腳指頭，接著又舔Karen淚溼的臉頰。

「Leon，結婚不是我想要的。……我有我想過的人生，只是現在還沒完整浮現，如果最終我只是要找個照顧我、為我負責任的人，那樣連我自己都會瞧不起自己的。」

「……謝謝你，Leon。」喝了牛奶，Karen睏極了，像個小孩般的抱著泰迪窩在沙發上沈沈睡去。

東海岸的清晨美景不容錯過，Leon五點不到就把Karen喊醒，前院門廊的餐桌上，擺滿豐盛的早餐。籐製搖椅上，擺著可愛的蕾絲抱枕。

同樣的田園風擺設，從前恨透了，在這裡卻成為自然風景的一部分。木質餐桌、印花桌巾、蕾絲抱枕……，加上空氣中自然飄散的花草樹木香，Karen深吸一口氣，笑道：「小碎花和蕾絲真是讓人倒胃口！」

「倒胃口是因為懷了孩子吧！別囉嗦了！這裡是我的地盤，請妳入境隨俗！」

Leon為Karen拉開椅子。

Karen喝了一口柳橙汁，笑到岔了氣，手中的熱奶油麵包掉到地上，給機警的泰迪搶了去，一溜煙不見。

「把泰迪留下來吧，我暫時幫妳照顧，妳懷孕了，又一個人住，不方便養狗。……妳的一生不託付給我，泰迪的生活，總可以交給我吧！」

泰迪和來福、乖乖三條狗，一早醒來就在院裡打滾，互咬耳朵，弄得滿頭口水。泰迪喜歡彎下前腳做靜默狀，再猛然飛撲對方，在草地上，瘋狂追逐。

看著泰迪幸福的模樣，Karen考慮了一會，點頭答應。

「只是暫時喔，我會時常來看他的。」

「這正是我的目的！」Leon開玩笑似的說出真心話。

東海岸的旭日，逐漸升上海平面，泛著紫紅色的光。

新生命從體內誕生的奇妙感覺，我一輩子都難忘，做個好媽媽，是我此時唯一的想法。

公司要拓展北美業務，范姜在e-mail中透露著近期無法回台的消息。Karen很清楚，范姜不會再回到她的身邊，更何況他在美國還有妻小。

Karen冷靜的盤算著以後的生活，對於范姜的來信，也漸漸不在意了。

秋天到來，Karen請了長假待產，並且搬進Luka家中。某一個接近冬天的深夜，新生命來到這個世界。

Luka到醫院接Karen母子出院的那天，Leon開車帶著泰迪北上探望，晚上大家在Luka家中圍爐吃火鍋。女娃娃在嬰兒車裡安靜的睡著，泰迪則趴在床邊。

「Karen多吃點，妳要好好進補一下。」Luka為她盛了一碗雞湯。答應擔任保姆工作的Luka發揮著慈愛的母性。

「Leon，你把泰迪養得好胖喔！像條山豬。……哈哈。」Karen把雞肉剝下來給泰迪吃。

「可是妳不在身邊，泰迪常常發呆，一個人坐在大門口，望著來往的車。……我猜他是想妳吧。」Leon說。

「謝謝你幫我照顧泰迪……過些時候，我會把他接回來。」

女娃娃醒了，也許是肚子餓，哭了起來。

只要生活和工作，依著我的意念發展。不受控制的愛情，就隨它去吧。

結束產假後，Karen回到公司上班，白天則把孩子交給Luka照料。兩個女人達成默契，共同擔任母親角色。

Karen還是不改以前嚴厲的工作態度，誰要是延誤新聞播出或是破壞她訂定的工作流程，肯定招來一陣毒罵。

辦公室裡，耳語仍在翻攪。但Karen顧不著別人的嘴，在現實的職場上，論的是能力，蜚短流長的人，很難出人頭地。

一陣天搖地動，應該是規模不小的地震。新聞副控室裡，電話聲如暴雨響起。

「Karen！準備延長新聞！改做地震特別報導。」

接到上層指示，Karen馬上分派記者工作，大家各就各位，導播倒數聲響起，進片頭音樂……，一場新聞戰，即將開打。

有時候身心俱疲的Karen不禁想，新聞工作的價值到底在哪裡？看著SNG車傳回即時現場畫面，飛快趕到氣象局地震中心的記者，已經拿到最新數據資料，清晰的向觀眾報告地震狀況；同時各地駐派記者也陸續回報訊息，不管是好的、還是壞的；是血腥的、還是溫馨的，都讓觀眾因未知而緊繃的情緒，得以疏緩，這，就是最大的成就感吧。

又結束了一天的工作，Karen回到辦公室裡，桌上放的是全家福照片。已經剪短長髮的Karen抱著女兒、和Luka手牽著手、Leon站在Karen身後，手捧一束盛開的向日葵，泰迪，則是硬擠在大家腳邊，露著舌頭喘氣，傻傻的笑。

Iron Music Studio

音樂記

創作　是一場遊戲
我要證明
自己到底能過幾關
能玩到什麼程度
得到多少分數
越玩
越上了癮

一路上，姊妹、朋友們，陸續加入集體創作。小說，不再只是平面文字作品。它有了自己的生命。雖然我也曾怯懦，擔心自己並非專業歌手，達不到專業水準。但「亂彈阿翔」說，沒有所謂專業歌手，創作的誠意夠了，技術，不是問題。這句話，鼓舞了我。**Lawrence**、**Allen**、**Roger**、**Flash**、晧子、阿翔、小偉、騏騏、**Toshi**、阿沚、阿渟、大雄，如果沒有你們，這場遊戲，不會這麼好玩。謝謝你們。

你是吉它手

寫完五篇小說，延續著故事情節，我又寫了幾首歌詞。沾沾自喜的拿給吉它老師**Roger**看。包括「潮汐」、「世界」、「花與誰」、「親愛的」以及「窗」。

『很好，……嗯。』他一貫的冷酷表情，沒有笑容。

Roger也是我電台的同事，他是音控師；而我，是新聞主播。我們日復一日的合作著制式化的新聞播報工作。他的手指推著控音室的鍵盤，那雙手，擁有吉它的靈魂。我的手，則一邊寫著新聞稿，一邊海天無際的寫著文章。沈悶的上班生活，一直這樣持續了好多年。

某個假日午后，Roger打電話給我。

『我們來做點音樂吧。』聽到Roger這麼說，我有點不敢置信。當初的遊戲之作，有機會真的成為歌曲，而且是由我崇敬的吉它老師製作，一切有如夢境。

『你覺得我專心做音樂，能不能養家活口？』我不敢回答他的問題。這事關重大。

『老師，你是天生的吉它手，不做音樂就不像你了。』我仔細斟酌用字。

『嗯，那我們約個時間詳談吧。試試看我們能做到什麼程度。』Roger的電話一掛，我開心的驚呼起來。

他是流著音樂血液的吉它手，而我是獨鍾文字的創作者。

唯有做我們喜歡的事，才能真正快樂。

隨性的demo

作曲及編曲這件事，我壓根不懂。雖然我也曾經師承Roger，學過兩個月的電吉它，但我承認，那真的很難。除了四個基本和弦，其它的，我學不會。

『不要在別人面前叫我老師！』Roger甚至不承認有我這個沒天份也不認真的學生。

『好啦好啦，老師！一日為師……』我繼續厚著臉皮，跟前跟後的打探著他的演出消息。那一陣子，他為「亂彈阿翔」擔任吉它手，我則是痴心的瘋狂歌迷，著了魔似的在台下吶喊。音樂就是有這樣的魔力。

決定合作的那個星期，我的心情仍然相當緊張，一方面我得告知出版社這項決定，書和唱片會一起搭配出版。再來，有了歌詞，就剩下寫曲的問題了。

Roger很快的，製作出初步的demo音樂。

『妳來唱看看吧。』我有點腳軟。

『隨性的唱出感覺，歌就是這樣寫啊。』老師，你說得簡單。

我幾乎快哭出來了。一面心裡嘀咕著，音樂非我所長，要我唱可以，但要像KTV那樣，有小豆豆一直跑一直提醒拍子的，我才能唱嘛。隨性！？說的簡單。

回家的路上，我想起，在台中念書的妹妹阿沚，應該可以幫忙。她是「迴旋踢」樂團的主唱。

榛果咖啡

我把demo寄給阿沚。她聽了之後說：『有很多唱法啊。』

呵，吉它手和主唱都這樣跩的。我說過，**I am a writer !!** 文字才是我的專長，但此時，我騎虎難下。我得乖乖唱出自己寫的歌。

再次到Roger的工作室，我和阿沚客氣的坐在一旁，看著老師彈吉它。

『妳先唱嗎？』呵，我又腳軟了。

『這是我妹阿沚，你要不要聽她唱。』

Roger站起身，拿了兩瓶罐裝咖啡進來。阿沚則抱起Roger的吉它，緩緩的自彈自唱出她所寫的曲調。

那首歌是「潮汐」，小說「飄浪之女」的主題曲之一。

是的，沒錯。這首歌是該這樣唱的，阿沚的歌聲猶如清晨岸邊的浪潮，如訴如泣，空靈不已。此時Roger趕緊按下錄音鍵，我們想了兩個星期的難題，終於得到答案。阿沚答應主唱『潮汐』。

錄完「潮汐」，Roger親手煮了咖啡。是現煮的呢，有榛果味，好喝極了。

『鐵肉音樂產房』

事情進展超乎我的想像。我們正式進駐Roger的「鐵肉音樂產房」。錄音師小偉、音樂人古晧、騏騏、Toshi、Flash……等人，也加入編曲、合音和混音工作，陣容日益堅強。

不過，興奮之餘，我也才終於認清，自己根本不會唱歌這回事。所謂「拍子」、「換氣」、「咬字輕重」、「音符表情」……，竟有如登天之難。

『妳整首歌沒有一個拍子唱對！』Roger給了我沈重的一擊。

我怯場了，在錄音室裡，我連換氣也覺得無力。明明是自己寫的歌詞，自己一手設下的故事情境，我就是無法投入。

那天，我孤單的站在麥克風面前發抖，小偉坐在對面的控音室。

『一個人唱會怕嗎？』他抱著一把木吉它，坐到我的身邊，彈出「窗」的和弦，我則一句一句學著唱。小偉笑自己寫的歌很芭樂，我覺得不會。第一次唱出自己的歌，我覺得有點想哭。

另外兩首歌「親愛的」及「花與誰」，在我想像中，是屬於Bossa Nova那種風格的。Roger的朋友--音樂製作人古皓，答應跨刀。有他相助，這兩首歌很快的，也有了獨特的冷酷樣貌。讓所有歌曲表現更完美的則是混音師黃彥銘Flash，感謝他和Roger在暴風雨夜徹夜趕工，出神入化的混音後製工程，彌補了我唱腔上的缺失。

這六首歌當中，「火金姑」是較特別的一首。詞曲創作人陳韻如，是我的鄰居阿姨。事實上，「飄浪之女」的靈感，是來自她的真實人生故事。火金姑田野漫飛之美，我無緣親見，但聽著韻如阿姨細述生平，緩緩清唱出「火金姑」，那清麗的音符、純樸的童年景象，彷如重現。在徵得她同意之下，我收錄這了首歌，阿姨也同意親自演唱。

『這是一首悲傷的歌嗎？』Roger問。

『嗯……，這應該是快樂的歌。』韻如阿姨說。

是的，當我們眾人加入合唱「火金姑」時，心情自然而然的雀躍起來。是不是悲傷的歌，唱看看就會知道。

歌曲陸續成型，站在「鐵肉音樂產房」裡，我告訴自己，就放手唱吧。我要用自己的方式，傳達我的創作誠意。再怎麼樣，也不能讓Roger失望。我還希望有朝一日，重回師門呢。

特別的合音天使

最後一個星期，我們在「鐵肉音樂產房」的錄音即將結束。我開始有些不捨，這段喝著啤酒、開心唱歌的日子。

在這裡，有一個秘密告訴大家，CD當中，你們可能會聽到一些例如娃娃哭聲、小朋友喊阿媽的聲音、廚房鍋鏟炒菜聲、電腦聲、冷氣聲、陽台洗衣機的聲音。因為，工作室就是Roger住家，這張專輯中，除了我的創作之外，還有朋友的情義深重、家

庭的溫馨氣氛……。待在工作室那陣子，常常吃羅媽媽炒的菜，那香味，也錄進我們的音樂中了。

說到合音天使，Roger的兩個娃娃--羅鐵肉(註1)和羅軟肉(註2)也情義相挺，客串演出喔。他們天真的軟語、如鈴的笑聲，比音樂還好聽。每當錄音被一聲「阿媽」或是「爹地我告訴你喔……」打斷時，Roger要修掉那些聲音，我總覺得可惜。這些聲音，才是真的生活呢，是有笑有淚的人生。感謝這些特別的合音天使。

得到家人和朋友們的全力相助，『草莓麗麗Story & Music』將更富有生命力，文字圖畫和音樂合而為一，好像已經獨立出來，不再是我的作品，它，有自己想要變成的樣子。我只是依續著感覺，一路往下走。

最後說明一下，『草莓麗麗』其實是我的筆名，它代表的，是一個愛遊戲的靈魂。因此，這本書以『草莓麗麗』為名，我希望『草莓麗麗』可以成為一個品牌。它代表，我創作的誠意。

註1：羅鐵肉，本名羅鈺翔。幼稚園綿羊班。因自認刀槍不入，而得到「鐵肉」之稱。

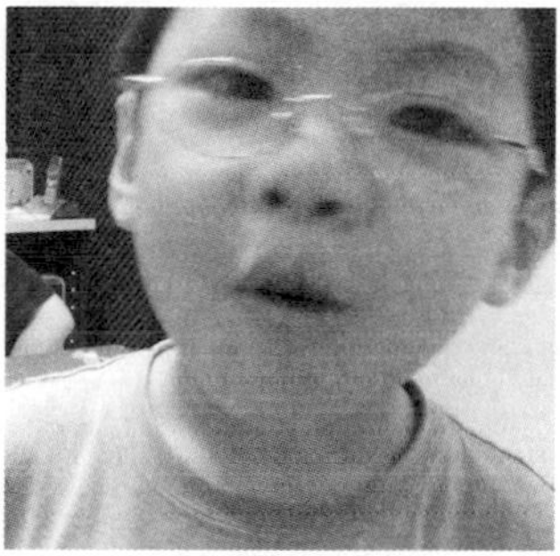

註2：羅軟肉，本名羅泳霖。三個月大。因年幼身體極度柔軟，而得「軟肉」之名。

窗

你問我　為何　整夜不睡

我笑著　搖搖頭　窗外有人未歸

等著等　聊著聊　天光初透

他呢　還在海的那一頭

都別說　走或留　愛恨難了

我能給　都給了　窗裡人痴痴笑

喝杯茶　聽音樂　時間還早

我寧願　笑著細數你的美好

沒說出　算不算　真心相傾

沙灘上　你的笑　冷冷的回應

那個吻　我至今　無法確定

愛嗎　你打算何時向我說明

世界毀滅時

如果我還有一絲呼吸

我想見你

火金姑

阮正在抓田英　田英來吃餌(田英--蜻蜓)

吃飽放你去　阮玩甲真歡喜

田岸邊　溪仔墘　四處攏總是

阿公叫阮豆放伊去　未凍傷害伊

阮正在抓金龜　金龜真正美

蹛在樹頂吃樹杍　阮玩甲真歡喜

樹仔頂　葉仔墘　攏會看到伊

阿公叫阮豆放伊去　未凍傷害伊

阮正在后金姑　火金姑閃閃熠

親像暗暝的天星　阮玩甲真歡喜

大路邊　溝仔墘　四處攏總是

阿公叫阮豆放伊去　未凍傷害伊

未凍傷害伊

阿公叫阮豆放伊去　未凍傷害伊

未凍傷害伊

潮汐

我以為　存在是個難題

呼吸不呼吸　變得很不容易

誰問過我　是否願意

做一朵花一棵樹一粒種子　依附著大地

下一秒鐘　我會是誰

在哪裡哭哪裡笑哪裡瘋癲　驚醒戲中戲

承諾不必要　海不枯石不爛

永遠不可靠　不想與你到老

想問問你　是否願意

做一粒沙一條魚一顆石頭　迎合著潮汐

下一秒鐘　我在哪裡

也不必問不必猜不必擔心　讓我抱著你

海水　是我藍色的血液

沙灘　洴裂滾燙的熱情

現在你的承諾　瞬間變成模糊回憶

微笑還掛在嘴角　回眸已不是你

我不想擁有　不想失去　讓我們　停在這裡

我要回到過去　回到母親身體

我要回到過去　回到母親身體

世界

留連在蝶的世界　夢的花園
一天不是一天　一年不是一年
你擁抱著我　不很真切

紫色蝴蝶翩翩飛　餘香夢遠
世界不是世界　妳不在我身邊
我笑看這夢　顛倒歲月

想的都不真實　真實離我太遠
妳停在時光機裡　天真的笑臉
愛不愛妳　都是罪惡
想不想妳　貪得無厭
在妳和我的世界　找不到平衡點

結束 我的世界　無以為繼的愛戀
進入　你的世界　春風蝶舞的花園

親愛的

親愛的　我不是故意
用這種手段　傷害你
離開前　有些話
說明
聽清楚　這是我最後一次叮嚀
超市在街角左彎
肚子餓　自己準備晚餐
別吃　冰箱裡　過期的牛奶餅干
開瓶器　在右邊櫃子第二個抽屜
別忘了　繳那些麻煩的帳單

這些事　我做膩了
你卻以為　我很開心
錯了　看看你做的事
你不值得　擁有愛情

說來話長　為什麼離開
至今　是個謎
就像當初　不懂我們
怎麼相遇　如何在一起

我不懂　你怎麼忍心
漫漫長夜　我獨守空城哭泣
若有不捨　你怎能
一次一次
毫無禁忌掏空　我的愛情

親愛的　我不是故意
用這種手段　傷害你
離開前　這些話
是我最後一次叮嚀

花與誰

陽光裡　你抱著一束向日葵　向我走來我們對

坐喝著咖啡

你說　薰衣草太柔媚　禁不起狂風吹

花園裡園丁的汗水　只為看她多開一回

我說　空氣很純粹　不需要花香陪

窩的房間雙人床　我只想一個人睡

長長的街　我們交會　短暫停留　各自回味夢

想的盡頭　不一定有人陪　寂寞是快樂的準備

原諒我　不能給你安慰

一個人　也有兩個人的滋味

或許　多年後　我們再聚

你還能陪我一杯咖啡　身旁　或許坐著誰

原諒我　不能給你安慰

有時候　我只想要狗狗陪

曾經　緊緊相擁　親密流淚

我只能說深愛過你　現在　笑看是與非

我不是你的　你不是我的誰

我不是你想的那個　誰又會是誰

紫薇GRAPE MYRTLE

草莓麗麗 Story&Music

作　　者：路瀅瀛
出 版 社：葉子出版股份有限公司
發 行 人：宋宏智
企劃主編：林淑雯
行銷企劃：汪君瑜
責任編輯：洪崇耀
文字編輯：洪崇耀
美術編輯：路渟瀛
封面設計：路渟瀛
插畫繪製：路沚瀛
專案行銷：吳明潤
地　　址：台北市新生南路三段88號7樓之3
電　　話：(02)23635748　　傳真：(02)23660313
E-mail：service@ycrc.com.tw
網　　址：http://www.ycrc.com.tw
郵撥帳號：19735365　　戶名：葉忠賢
印　　刷：鼎易印刷事業股份有限公司
法律顧問：北辰著作權事務所
初版一刷：2004年7月　　定價：新台幣240元
ISBN：986-7609-39-5

總經銷：揚智文化事業股份有限公司
地址：台北市新生南路三段88號5樓之6
電話：(02)23660309　　傳真：(02)23660310

草莓麗麗 Story&Music / 路瀅瀛 作. -- 初版.
-- 臺北市：葉子，　2004 [民 93]
面；　公分. --（紫薇）
ISBN 986-7609-39-5（平裝）
857.63　　93012555

※本書如有缺頁、破損、裝訂錯誤，請寄回更換

葉子出版股份有限公司

讀·者·回·函

感謝您購買本公司出版的書籍。
爲了更接近讀者的想法，出版您想閱讀的書籍，在此需要勞駕您詳細爲我們塡寫回函，您的一份心力，將使我們更加努力！！

1.姓名：____________
2.性別：□男 □女
3.生日／年齡：西元______年______月______日____歲
4.教育程度：□高中職以下 □專科及大學 □碩士 □博士以上
5.職業別：□學生□服務業□軍警□公教□資訊□傳播□金融□貿易
□製造生產□家管□其他__________
6.購書方式／地點名稱：□書店______□量販店______□網路______□郵購______
□書展________□其他_____
7.如何得知此出版訊息：□媒體______□書訊______□書店______□其他______
8.購買原因：□喜歡作者□對書籍內容感興趣□生活或工作需要□其他
9.書籍編排：□專業水準□賞心悅目□設計普通□有待加強
10.書籍封面：□非常出色□平凡普通□毫不起眼
11. E - mail：________________________________
12喜歡哪一類型的書籍：________________________________
13.月收入：□兩萬到三萬□三到四萬□四到五萬□五萬以上□十萬以上
14.您認為本書定價：□過高□適當□便宜
15.希望本公司出版哪方面的書籍：________________________________
16.本公司企劃的書籍分類裡，有哪些書系是您感到興趣的？
□忘憂草（身心靈）□愛麗絲（流行時尚）□紫薇（愛情）□三色堇（財經）
□ 銀杏（健康）□風信子（旅遊文學）□向日葵（青少年）
17.您的寶貴意見：

____

☆塡寫完畢後，可直接寄回（免貼郵票）。
我們將不定期寄發新書資訊，並優先通知您
其他優惠活動，再次感謝您！！

廣　告　回　信
臺灣北區郵政管理局登記證
北台字第 8719 號
免　貼　郵　票

106-□□
台北市新生南路3段88號5樓之6

揚智文化事業股份有限公司　收

□□□-□□
地址：　市縣　鄉鎮市區　路街　段　巷　弄　號　樓
姓名：

葉子
Leaves Publishing

書號　L3105　書名　草莓麗麗 Story&Music

葉子
Leaves Publishing

根
以讀者爲其根本

莖
用生活來做支撐

葉
引發思考或功用

果
獲取效益或趣味